○

하지 않아도 나는 여자입니다

●

하지 않아도
나는
여자입니다

이진송 에세이

프런티어

내게는 여동생이 있다. 고등학교 1학년이고 나와 아주 많이 닮았다. 내가 중학교 2학년 때 태어난 그 애가 엄마의 배를 어떤 모양으로 부풀렸는지, 갓 태어난 그 애의 발에서 얼마나 부드럽고 따뜻한 맛이 났는지, 온전한 문장을 구사하던 순간의 입술이 얼마나 동그랬는지 나는 모두 기억한다.

동생이 자라는 일을 지켜보노라면, 온 세상이 손가락을 잔뜩 오그린 채 나를 쫓아오던 광경이 떠오른다. 그들이 원하는 틀에 우겨넣기 위해서 말이다. '여자애'로 태어난 순간부터 피할 수 없는 그 집요한 악력. 쩍 벌린 다리를 오므려 닫고, 머리카락을 길게 잡아 늘이고, 살과 근육과 털을 감추라고 죄어오는 힘. 정작 그때는 무엇인지 잘 몰랐던 것, 내가 나를 맹렬하게 미워하게 하고 내 친구들의 입을 틀어막고 우리가 살아가는 세계를 일그러뜨려 놓은 힘의 실체.

그리스 신화에는 '프로크루스테스'라는 강도가 나온다. 그는 지나가는 행인을 붙잡아 자신의 침대에 눕힌 후 침대보다 크면 그만큼을 잘라내고, 침대보다 작으면 억지로 침대 길이에 맞추어 늘여서 죽였다. 제멋대로 침대의 길이를 조절하기 때문에 행인이 길이를 맞추는 것은 불가능했단다.

우리 사회가 여자들을 우겨넣고 자르고 늘이며 맞추려는 이상적인 '여성'의 틀 역시 프로크루스테스의 침대와 같지 않을까? 기준도 그 침대처럼 늘 바뀌기 때문에 어떤 여자든 일단 그 자리에 눕기만 하면, 부족하거나 넘치는 부분이 출력된다. 그곳에서 여자는 언제나 기준 미달이거나 규격 초과의 존재이다. 신체는 조각조각 나뉘어 평가 받고 말과 행동, 성격, 태도, 가치관, 소비 패턴, 화장이나 패션과 같은 치장, 성적 취향, 역사관, 선택이나 욕망, 삶 전체가 모두 측정과 평가와 교정의 대상이다. 심지어 SNS의 스티커나 이모티콘 하나조차 함부로 사용하면 안 된다.

여자아이를 키우는 8할은 "부적절하다"라는 박탈감과 수치심이다. 예쁘지 않으면, 날씬하지 않으면, 착하지 않으면, 화장하지 않으면, 피부가 곱지 않으면, 애교를 부리지 않으면, 성형을 하지 않으면, 그 성형이 자연스럽게 되지 않으면, 웃지 않으면, 섹시하면서도 청순하지 않으면, 성적으로 개방되어 있지만 처녀가 아니면, 다른 사람의 기분을 맞춰주지 않으면, 남자친구가 없으면, 결혼하지 않으면, 아이를 낳지 않으면……

나는 이 무수한 "~하면 안 된다"와 "~해야 한다"라는 압박 속에 밀푀유 나베의 겹쳐진 상추와 소고기처럼 천 개의 잎사귀로 분열되다가 합쳐지다가 순응하다가 저항하다가 끌려 다니다가 버티다가 여기에까지 왔다. 이 책은 그 널뛰기의 기록이다. 나 역시 15kg까지도 감량해봤고 머리길이도 허리부터 귀 밑까지 오르내리며 바꿔봤고, 성형수술도 감행해봤다. 상냥한 말투와 생글생글 웃는 얼굴의 애교도 안 해본 바 아니다. 하지만 나의 이 널뛰기 기록은 결코 특별한 사례가 아니다. 정말이지 평범한, 너무 평범해서 지금도 도처에서 실시간으로 쌓이는 경험들이다.

내 여동생을 통해 나와 비슷하고도 또 다른 그 일상을, 어린 여자의 세계를 유심히 관찰한다. 어떤 점들은 분명 달라졌다. 나보다 좀 더 앞서 나가주었던 여성들 덕분에 내가 조금 더 많은 보호를 받을 수 있었던 것처럼, 동생에게는 그 무렵 나에게 없던 언어와 생각과 힘이 싹텄고 무럭무럭 자라고 있다. 그런데도 어떤 점에서 상황은 더 나

빠진 것 같다. 동생과 동생의 친구들은 이미 가혹한 다이어트로 위장병을 앓고, 화장하지 않으면 밖에 나가기를 부끄러워하며, 철저히 제모를 한다. "여자가 쉽게 맘을 주면 안 돼"라는 노래를 흥얼거리고 혀짤배기 소리를 내며 걸그룹의 애교를 따라 한다. "Boys be ambitious"는 여전히 모두의 잠언이지만 "Girls can do anything"라는 문구가 새겨진 폰케이스를 쓴 여자 연예인은 욕을 먹는다. 페이스북에서 익명의 성인 남자들은 어린 그들에게 추잡한 메시지를 보내고, 또래 남자애들은 유튜브 등에서 접한 혐오 발언을 서슴없이 쏟아낸다. 면전에서든 SNS 댓글이든 가리지 않는다.

십 년이면 강산이 변한다는데 여자들을 옥죄는 말들은 변하지 않았다. 아니다, 변했다. 훨씬 더 세분화되고 교묘해진 형태로 강화되었다. 예전에는 남자애들보다 우수한 알파걸이 되라고 부추겼다면 이제는 유능하더라도 남자들의 기를 죽이면 안 된다는 옵션이 붙는다. 헤프면 안 된다고 해서 꽁꽁 싸맸는데, 이제는 섹스를 하지 않으면 성적으로 억압되어 있는 고리타분한 여자라는 꿀밤(아오 빡쳐!)도 맞아야 한다. '성차별'이란 누군가에게는 구시대의 유물처럼 진부한 이야기로 들리지만 누군가에게는 생존이 달린 절박한 문제이다. 일상적인 부정과 금기는 매 순간순간 와닿는 차별의 생생한 촉감이다.

어떻게 해야 할까? 이 책은 그에 대한 고민과 발버둥이기도 하다. 동생도 재미있게 읽었으면 하는 마음으로 힘을 빼고 살랑살랑 썼다. 뭔가를 가르치려는 생각은 없다. 학술적이거나 구조적인 문제를 진지하게 건드리는 것도 아니고, 그저 함께 시시덕거리며 수다나 떨어보자는 마음이다. 나도 그랬고, 지금도 그렇다고 말하고 "그러지 않아도 괜찮다"고 말하고 싶다. 어차피 침대는 늘어났다가 줄어들다가 하니까 거기에 맞지 않는 건 절대로 네 잘못이 아니라고, 맞추지 않아도 좋다고 외치고 싶다. 그 말도 안 되는 기준에 함께 돌을 던지고, 같이 손을 잡고 휘적휘적 달아나자고 손 내밀고 싶다.

친구들과의 그런 연대와 교감과 공감과 치유의 순간들이 나를 지켜주고 붙잡고 또 이끌었다. 여자를 제 입맛에 맞춘 틀에 쑤셔 넣고 자르고 늘리려는 손아귀는 어차피 평생 쫓아다닐 테니, 앞으로도 그렇게 내 마음대로 살 것이다.

경험과 생각에 한계가 뚜렷한 한 명의 인간이라 모든 이야기를 한 권의 책에서 완벽하게 하지는 못할 것이다. 그래서 그냥, 하고 싶은 이야기와 할 수 있는 이야기를 했다. 한 가요의 가사처럼 '나'는 '너'이고 '너'는 '나'이기도 하다. 생판 남이지만 망할 놈의 침대, 규격화된 여자를 찍어내려는 시도 위에서 우리는 언젠가 겹쳐지거나 어긋나며 만난 적이 있다. 그래서 글의 어떤 부분은 공감하고 어떤 부분은 머리를 절레절레 저으며 반발할 것이다. 모자라거나 넘치는 부분이 서로 다르니까.

이제 여기에 샘플 삼아 내 이야기를 부려놓는다. '여자'라는 틀에서 비거나 삐져나온 부분들, 오랫동안 사회가 결핍과 과잉이라고 불러온 것에 새로운 이름을 붙일 시간이다.

Boys be ambitious

Girls can do anything

차례

연애하지
않아도

영화 〈더 랍스터〉

——————— "아이고, 이렇게 매력 있으신 분이 왜 아직 애인이 없지?!"

이른바 '사회생활' 리액션이라는 걸 잘하는 사람들이 나에게 하는 소리이다. 눈에 보이는 장애가 없고, 표준체중과 표준 신장의 범위 안에 들어가는 몸을 한, 적당히 여성스럽거나 적당히 싹싹한 여성들이 연애하거나 결혼하지 않은 상태에 있으면 척수반사 수준으로 사람들의 입에서 튀어나오는 말. "이렇게 멀쩡한 물건이 왜 길에 떨어져 있지?!"와 같은 놀라움은 곧 쓸데없는 시민정신을 발휘한다. 여자는 물건이 아니고, 원 주인이 있는 것도 아니고, 길에 떨어져 있지도 않지만 모두들 호들갑을 떨며 '짝'을 찾아주려 하는 것이다. 여자의 취향과는 무관하게 짝이 없는 아무 남자들과 마구잡이로 엮으면서 몰아가기도 한다. 어딘가에 있을 짝의 존재를 가늠하고, 그 존재가 있다고 장담("진송 씨의 매력을 알아보는 사람이 꼭 나타날 거예요!")한다. 호주제는 폐지되었지만 아직도 여성을 한 명의 남성(호주)에게 소속된 존재로 보는 인식이 여전하다는 뜻이다.

유실물인 여자는 주인을 찾기 위한 노력을 해야 한다. 누군가에게 '주워지기' 위해 그만큼 매력적인 존재가 되어야 한다고 배운다. 주워진다는 표현을 쓰는 이유는 대등한 관계의 '짝'을 적극적으로 찾는 여성은 '걸레'나 "헤프다"라는 비난을 피하지 못하기 때문이다. 풀꽃처럼 자신의 매력을 알아봐주는 사람이 나타나주기를 기다리며 살을 빼고 외모를 가꾸고, 애교를 연습하고 잘 웃어주고, 그가 만약 가난하다면 몰래 호주머니에 담뱃값 정도는 찔러넣어줄 수 있을 만큼 저축도 하고… 아, 말하다 보니 짜증나서 첫 번째 글인데 벌써 조퇴하고 찜질방 가고 싶네.

짝을 찾지 못했다면 다른 능력이나 가치가 아무리 뛰어나도 남성 파트너가 없으면 '여자'로서의 행복을 누리지 못하거나 충분하지 않다고 여겨진다. 여성지에 자주 나오는 연애 상담 유형 중에 왜 있잖은가, "모든 것이 완벽한 그녀, 연애에서만은 허당." 그렇게 뛰어나다면 연애 정도는 못해도 뭐 어떤가 싶지만, 연애에 서툴거나 결혼하지 않았다는 사실은 여전히 여자의 가장 치명적인 결함으로 여겨진다. 여자가 연애하지 않는 것은 그 여자가 덜 매력적이거나, 눈이 너무 높거나, 너무 잘난 척하거나, 기타 등등 어쨌든 여자 잘못이다.

짝이 없는 남성도 어서 연애하라거나 결혼하라는 독촉을 받는다. 그러나 앞서 주인이라고 언급했던 것처럼 양상은 다르게 전개된다. 우에노 치즈코는 《여성혐오를 혐오한다》에서, 남자는 남자들의 집단에서 인정받는 '멤버십'으로서 여자를 필요로 한다고 분석했다. 책임질 여자를 거느림으로써 진정한 '수컷'이 된다는 것이다. 관계의 문제인 연애는 권리가 되고, 독립된 개별적 인격체인 여자는 배당 받아야 할 소유물이 된다. 여자는 주인을 찾아줘야 하는 유실물, 남자는 제 것이었던 물건을 찾아야 하는 '분

실자'이다. 〈무한도전〉에서 노홍철을 장가 보내겠다며 이상형 여자를 찾아다니거나, 〈맛있는 녀석들〉에서 평생 여자와 감자탕을 먹어보지 못했다는 유민상을 위해 띠동갑 여자가 출연해 함께 식사하는 설정 등에서 이러한 구도를 엿볼 수 있다. 이 과정에서 연애나 결혼을 하지 않은 남자에 대한 연민은 꽤 집요하다. 남자가 연애하거나 결혼하지 못하는 것은 역시 여자가 너무 눈이 높거나, 속물이거나, 진정한 가치를 못 알아보거나, 어쨌든 여자 잘못이다.

연애지상주의는 연애와 결혼을 인간이라면 모두 해야 하는 것인 양 조장한다. 연애는 가장 가치 있는 것이고, 사랑은 인간의 본성이며, 연애를 하면 모든 문제가 사라지고, 연애를 해야만 인생과 관계에 대한 진정한 맛을 알고, 그 연애를 이성애에만 한정하며, 반드시 섹스나 스킨십 같은 성적 행위를 포함하는 성애중심적 사유가 연애지상주의와 함께한다. 아니 삶의 무수한 선택지와 형식 중 단지 연애가 없다는 게 그렇게 큰 재앙인지?

영화, 〈더 랍스터〉는 "당신의 솔로 탈출을 도울 최고의 커플 메이킹 시설!"이라는 카피 내용 그대로 독신자인 남녀를 45일 간 호텔에 수용하고 커플이 되는 것을 미션으로 삼는 영화이다. 45일 안에 짝을 찾으면 커플들만 사는 도시로 되돌아가지만, 짝을 찾는 데 실패하면 자신이 선택한 동물로 바뀌어야 한다. 주인공 데이비드는 아내와 헤어져 호텔에 수용된 후 만약 동물이 된다면 랍스터가 되기로 한다.

　연애를 하도록 부추기는 호텔의 상황은 연애지상주의 세계를 보여준다. 데이비드는 양성애자이지만, 이 호텔에서 허용되는 연애는 이성애뿐이다. 남자 수용자와 커플이 될 수 없다는 뜻이다. 호텔 직원들은 수용자들에게 음식물이 기도로 넘어가서 죽는 독신자와, 배우자의 도움으로 살아나는 커플의 모습이나 길거리에서 위협에 처하는 독신 여성과 안전한 커플 등을 꽁트로 보여준다. 연애를 해야 한다는 압박 때문에 수용자들은 정보를 조작하거나 거짓을 꾸며낸다. 반면 호텔 밖 숲에는 '커플 되기'를 거부하고 탈주한 독신자들이 모여 산다. 호텔 수용자들은 이들을 사냥하여 유예 기간을 늘릴 수 있다는 규칙이 있다. 숲은 호텔과 정반대로, 절대로 커플이 되면 안 된다.

데이비드는 숲으로 탈주한다. 하지만 이곳은 연애를 강요하는 호텔과 같은 논리로 비연애를 강요할 뿐이다. 2000년대 초중반 인터넷을 휩쓸었던 '커플지옥 솔로천국' 같은 자조적인 정서 그리고 연애하고 결혼하는 것은 가부장제에 기여하는 행위이기 때문에 무조건 금지해야 한다는 주장이 여기에 해당한다. 데이비드는 이 숲에서 근시 여자와 사랑에 빠지지만 발각당해 징벌을 받는다(이 징벌이 여자에게만 주어진다는 것도 매우 상징적이다).

근시 여자가 주인공이었다면 더 좋았을 것이라는 아쉬움이 남지만, 〈더 랍스터〉는 억압과 강요에 맞서다가 빠질 수 있는 지점까지 짚어내며 윤리를 고민한다. 현실은 거대한 〈더 랍스터〉 속 호텔이다. 할 자유와 하지 않을 자유가 병행되지 않는 선택지는 강요에 불과하다. 그것이 어떤 좋은 가치와 세계관을 지향하든 결국 폭력이다. 호텔에서 커플 되기를 강요하는 이유로, 독신자의 삶은 위험하고 힘들다는 점을 든다. "다 너를 생각해서 하는 말"처럼 들린다. 그러나 여자들이 연애하거나 결혼하지 않을 때 부딪치는 위험은 사회 안전망의 문제이다. 이것을 남자친구나 남편의 존재로 해소하고자 하는 것은 무책임한 아웃소싱이고, 남자친구나 남편에게 권력과 통제권을 주는 선택이다. 남자친구나 남편이 때리거나 강간하면 어떻게 하나? 생존과 안전은 남성 파트너의 여부에 따라 배급받는 게 아니다.

숲의 세계 역시 어떤 목적을 위해 개인의 선택과 관계의 참여 여부를 통제하면, 정확히 지양하던 것과 같은 논리로 폭력과 차별을 지향한다는 사실을 드러낸다. 연애하거나 결혼하지 않는 여자를 멸시하고 가치 없게 여기는 관습은 너무나 굳건하고 뿌리 깊다. 그렇기에 연애의 파업을 선언하는 것도 정치적 액션이 될 수 있다. 그러나 그것이 숲의 세계처럼, 연애하는 이에 대한 배제나 응징으로 이어져서는 안 된다. 어차피 가부장제 하에서는 '너무' 연애하는 여자나, 연애하지 않는 여자가 결만 다를 뿐

같은 보복과 처벌을 받기 때문이다.

지금까지 우리 사회는 얼마나 여성의 사랑을 요구하는 동시에 멸시해왔는지. 사랑에 눈이 먼 여자를 한심해하기보다, 사랑만이 여자의 유일한 권력이자 가치라고 해놓고 막상 여자가 사랑에 열중하면 그것을 착취하고 평가절하하는 세상에 눈을 부라려야 한다. 중요한 것은 연애해도, 연애하지 않아도, 여성이 안전하고 행복하게 그리고 시민사회의 일원으로 상식적이고 동등한 대우를 받을 수 있는 사회를 만들어나가는 일이다.

나는 유실물이 아니다. 한 남자와 독점적인 친밀성을 기반으로 연애나 결혼 관계를 형성하지 않은 여성은 길에 떨어져 있는, 주인을 찾아주어야 하는 물건이나 강아지가 아니다. 이것은 너무나 당연한 소리이다. "맞아 맞아, 여자는 물건이 아니야." 동조하기도 쉽다. 그러나 여전히 인식 깊은 곳에서, 주류 미디어와 문화 콘텐츠에서, 정부 정책에서, 일상적인 대화에서 여자는 결국 연애와 결혼을 통해 사랑 받는 여자친구나 아내, 엄마가 되어야 한다는 강력한 신호를 보내고 있다. 이것은 여자들의 선택이나 욕망을 자발적으로 제한하고 원하는 틀에 우겨넣는 전략이다. 미세먼지처럼 당장 나에게 어떤 충격을 주지 않지만, 축적되어 결국 해롭게 작용한다.

어떤 현명한 어른은 "짚신도 짝이 있는 법이다"라고 나를 달랬다. 어르신, 보고 계세요? 저는 짚신이 아니라서 짝을 찾는 대신 책을 내고 있습니다만……. 게다가 모든 여성이 남성과 연애하거나 결혼하는 것도 아니다. 남성 파트너가 없다는 이유만으로 유실물 취급을 당한 그 사람은 사실 '남성이 아닌' 사람과 닭살 커플일 수도 있다는 사실을 기억해, 이 편협한 사람들~!

누군가는 연애를 좋아하고 하고 싶어 한다. 그리고 누군가는 연애에 관심이 적거나, 적극적이지 않을 수 있다. 연애와 결혼은 각자의 삶을 조립하는 여러 블록 중 하나에 불과하고 그 무게나 중요도나 형상은 모두 다르다. 그러니 그 블록이 없다고 해서 불완전한 존재로 판단하는 것을 거부한다. 마찬가지로 타인이 연애뿐인 블록을 조립

한다고 해서 그것을 무너뜨리거나 부정하고 싶지 않다. 그렇게 만든 블록으로 '잘' 살 수 있기를 바라고, 더 안전하고 평등한 지형 위에서 쌓아올릴 수 있도록 함께 땅을 고를 것이다.

나로 말할 것 같으면, 언제나 연애를 하는 것보다는 관찰하고 탐구하고 분석하는 것이 좋았다. 연애하지 않는 나를 부끄러워하거나, 부정하지도 않을 것이고 동시에 내 심리 상태와 무관하게 남들 앞에서 당당해보이려고 억지를 쓰지도 않을 것이다. 마음은 언제나 변하고, 인생은 생각지 못한 방향으로 뻗어나가는 모퉁이의 연속이다. 어제 연애하고 싶어서 서성이다가 오늘 당당하게 "남자 없이 잘 살아"를 외치고, 오늘 세기의 커플이었다가 내일 그 연애가 질려 버릴 수 있다. 이 예측불허의 생에서 혜민스님의 조언(?)에 따라 꽉 잡을 단 하나의 핸들이 있다면 역시 연애하지 않는 여자를 유실물 취급하는 세상에 뻗대는 것이다.

나는 앞으로도 연애하지 않을 자유를 이야기하며, 연애

안에 다양한 권력 관계와 우리 사회가 조장하는 연애의 이미지를 '까고', 연애지상주의의 부당함에 침을 뱉으며 으르렁으르렁 으르렁대며 살련다. 물러서지 않으면 다쳐도 난 몰라.

결 혼 하 지

않 아 도

소설 《나의 우렁총각 이야기》

——————— 엠넷에서 방영했던 걸그룹 육성 프로
그램 〈아이돌 학교〉의 교장을 맡은 배우 이순재가 출연자
들에 대해서 이런 말을 했다. 이 소녀들도 미래에는 아내
와 엄마가 될 테니 인성 교육 등을 훌륭하게 시키겠다고.
왕이 왕자의 짝을 찾으려고 개최한 〈며느라기101〉도 아
니고, 국가가 저출산 문제를 보다 못해 연출하는 〈쇼 미
더 현모양처〉도 아니고, 이게 뭐람. 아이돌이라는 엔터테
인먼트 업계의 '전문직'을 뽑고 가르치겠다는 프로그램에
서, 그것도 고작 10대 중후반의 출연자들을 '미래의 아내
와 엄마'로 호명하는 것은 매우 상징적이다.

여성은 어떤 차원이든, 어떤 직업과 능력치와 서사를
가졌든, 몇 살이든, 결국에는 아내와 엄마로 수렴된다. 여

성들이 연애·결혼·출산에 대해서 어떻게 생각하는지, 어떤 성적 지향과 성 정체성을 가졌는지, 아이돌이 되고 싶은 10대 여성에게 연애·결혼·출산이 팬케이크 위에 나타난 예수님 얼굴 같은 해외 토픽보다 관심 밖이라는 사실은 중요하지 않은 것이다.

결혼은 그 자체로 여자의 꿈, 로망처럼 여겨진다. 웨딩드레스를 모두의 욕망인 것처럼 포장하거나 여성들이 남성들로부터 결혼을 얻어내려고 전전긍긍하는 모습이 수없이 반복 재생산되었다. 여성지를 읽다 보면 꼭 나오는 대목이 있다. 연애에서 남자를 '질리게' 하지 않도록 '현명하고 센스 있는' 여자친구로서 어떻게 행동해야 하는지 알려주는 각종 조언들이 그것이다. 그 중 스테디는 단연 "결혼 이야기를 꺼내지 말 것"이다. tvN드라마 〈연애 말고 결혼〉은 제목에서부터 결혼을 강렬하게 원하는 여자 주인공이, 결혼을 부담스러워하는 남자친구에게 뺑 차이면서 시작한다.

이런 식의 구도는 아주 흔하다. 현재의 젊은이들이 결

혼을 원하지 않는다는 인식은 보편적이지만, 언제나 결혼을 원하는 쪽은 여성인 것이다. 사실은 어떨까? 2016년 미혼자 대상으로 결혼인식을 조사한 통계청 자료를 보면 "결혼을 해야 한다"라고 대답한 비율이 남성은 42.9%, 여성은 31.0%이다. "결혼하지 말아야 한다"라고 대답한 비율도 남성 3.3%, 여성 6.0%이다. 2016년 7월 10일자 MBC 뉴스 보도를 보면 여성 10명 중 9명이 결혼을 굳이 필요하지 않다고 대답하지만, 남성의 60%는 결혼을 긍정적으로 생각하며 18%는 "반드시 해야 한다"고 답했다. 현실이 이러한 데도 여전히 여성에게는 결혼이 궁극적인 인생의 목표이고 스스로 그렇게 원하는 것처럼 조장하는 약이 유통되다니… 부들부들!

애너벨 크랩은 그의 저서 《아내 가뭄 : 가사 노동 불평등 보고서》에서 '아내'라는 존재가 얼마나 큰 자산인지, 왜 여성은 위대한 위인이 되기 힘든지를 가사 노동과 정신적 지원의 차원에서 규명한다. 아이를 돌보고, 가사 노동을 담당하고, 이러한 가정 경영에서 오는 육체적·정신적 스트레스로부터 자유로운 남성들은 성과를 쌓는 데 훨씬 유리하다. 애너벨 크랩은 이 모든 것을 '아내 노동'이라고 명명한다.

송경아의 소설 《나의 우렁총각 이야기》는 이러한 지점을 흥미로운 방식으로 건드린다. 제목에서부터 알 수 있듯 '우렁각시' 설화를 패러디한 작품으로, 결혼 제도와 그 부당함을 적극적으로 조롱한다. 우선 등장인물들의 성별이 역전된다(미러링?!). 우렁 '각시'는 우렁 '총각'이 되는데, '신랑'이 아닌 이유는 이들이 결혼하지 않기 때문이다. 소설의 내용을 거칠게 요약하면 다음과 같다. 결혼한 사촌언니와 엄마는 계속 '나'의 결혼을 재촉하지만, 그들의 결혼생활을 보며 회의를 느낀 '나'는 결혼을 기피한다. 이때 사촌언니가 '나'를 위해 홈쇼핑에서 '우렁총각'을 주문한 후 첫 번째 할부금을 내준다. '나'가 지켜야 할 주의사항은 우렁이가 사람으로 변했을 때 절대 '나'의 모습을 보이면 안 된다는 것이다.

여성이 '홈쇼핑'을 통해 우렁총각을 구입하는 모습은 더 이상 가사 노동이 여성만의 노동이 아니며, 사적인 영역이던 가사 노동이 자본주의 사회에서는 서비스의 형태로 공급되는 상황임을 보여준다. 우렁이를 보면 안 된다는 금기는 동일한데, 가사 노동을 하면서도 없는 존재처럼 여겨져야 한다는 점에서 우렁이는 그 자체로 눈에 보이지 않는 노동을 은유하기도 한다. 이반 일리치는 이렇게 비용이 지불되지 않는 노동을 '그림자 노동'이라고 명명했다. 그림자 노동은 오로지 생산 노동을 뒷받침하기 위해 존재하며, 직접적으로 상품을 생산하지 않기 때문에 '경제의 비공식적 부문'으로 존재한다. 가사 노동, 청소 노동, 직장 통근, 자기계발, 스펙 쌓기, 회식 자리 참여 등 경제 활동에 필수적으로 요구되는 모든 무고용, 무급 활동이 그림자 노동에 속한다.

그런데 술에 취한 '나'는 실수로 사람이 된 '우렁총각' 앞에서 자신의 모습을 드러낸다. 정체가 드러난 우렁총각은 모습을 들킨 이들과 결혼하는 것이 우렁총각들의 소망이라며 결혼을 요구한다. 설화에서는 우렁각시의 정체를 알아챈 총각이 결혼을 요구하지만, 여기서는 우렁총각의 웨딩 판타지가 '나'를 압박한다. 하지만 '나'는 단호하다.

"지금까지 모든 책임의 굴레를 잘 빠져나온 나였다. 이제 와서 우렁이 따위에게 포획될 수야 없지. 시댁도 없고 부담도 없지만 사회에서 아무런 지위도 가질 수 없는 우렁이. 그런 주제에 나에게 애정을 품었다는 이유만으로 나에게 새로운 관계의 부담을 지우려는 우렁이." ●

"멋진, 아니면 한때 멋졌던 여자들이 생활의 패잔병이 되어 구질구질한 일상을 영위하는 것을 보면 고통스러웠다"라는 서술에서 알 수 있듯, 현대 여성을 대표하는 '나'는 결혼 제도의 불합리함을 알고 있다. 우렁각시 설화 원작은 결혼 제도의 착취적인 면모를 고스란히 드러낸다. 가사 노동으로도 모자라 결혼을 요구 받으며, 결혼 이후에는 출산과 양육 등의 업무가 추가되는 것이다.

우렁이가 '나'에게 애정을 품은 것은 어디까지나 우렁

● 송경아, 《나의 우렁총각 이야기》, 31쪽.

이의 사정이다. '나'는 가사 노동 때문에 '우렁총각'이라는 상품을 구입했고 할부금을 내는 중이었다. 우렁이와 '나'는 사용자와 노동자인데, 결혼을 요구하는 것은 명백한 우렁이의 계약 위반이다. 무수한 드라마와 영화에서는 선先 계약결혼, 후後 '폴인럽'이지만 현실이라면 "웃기고 자빠졌네"다. '나'가 우렁총각의 구애를 거절하자 '우렁총각'은 다시 우렁이로 돌아가고 더 이상 집안일을 하지 않는다. '나'는 인터넷을 통해 우렁이를 팔아버리고 새 삶을 시작한다. 그리고 제 몫의 가사 노동은 스스로 해야 했는데, 떠맡기기만 해서는 안 된다는 것을 깨달았다며 그런 관계에서는 어느 정도 감정의 주고받음도 수반되어야 윤리적이라고 뉘우친다.

이 소설에 대한 '자본주의로 상실된 인간애', '사물화된 인간' 같은 진부한 해석은 넣어둬 어허 넣어둬! 아니 그럼 난데없이 결혼을 요구하는 우렁총각에게 못 이기는 척 어머나 넘어가서 결혼해야 인류애 넘치는 소설인지? 이 소설을 드러난 그대로, 새로운 결혼관과 노동관에 대한 은

유로 읽어보자. 취업에서 성차별이 횡행하고 특히 고용이 불안정한 현실이 비혼 여성에게 결혼을 강요한다. 그러나 더 이상 결혼은 여성의 유일한 생계 수단이 아니다. 결혼의 기능적 요소들은 자신이 가진 경제력으로 해결할 수 있다. 이런 풍속은 '우렁각시'가 구전되던 시대와는 확연하게 다르다.

한편 성별이 역전되더라도 여전히 결혼을 요구하는 것은 우렁총각이라는 점에서, 모든 권력 구도가 뒤집어져도 섹슈얼리티 위계는 쉽게 바뀌지 않음을 알 수 있다. 당장 현실에서 우렁총각이 판매된다고 한들, 선뜻 그 신원 미상의 남자를 구입할 여성이 얼마나 될까. 우렁총각의 앞에 나타내면 안 된다는 금기는 곧 '우렁총각'이라는 남성이 나에게 어떤 형태로든 위협을 가할 수 있다는 의미이기도 한다. 그 위협은 소설에서 결혼이라는 상징적인 요구로 드러난다.

남성에게 결혼은 성인으로서의 통과의례이자, 경력에 덧셈인 선택이다. 면접에서 남성에게 결혼하고 일 그만두는 것 아니냐고 압박해오는 면접관은 없다. 그러나 여성에게 결혼은 자신의 인생 전체를 걸어야 할지도 모르는 위험한 거래이다. 사랑하는 사람과 함께 살 수 있는 유일한 제도로 마련된 결혼의 치사함. 독점의 안 좋은 점은 다 휘두르는 것 같다.

그러니 여성의 궁극적인 행복과 로망이 결혼과 안정 그리고 웨딩드레스라는 망상 좀 때려치우자. 이제는 이 편협한 제도를 뜯어고칠 시간이다.

| | | | | | | 출 | 산 | 하 | 지 |
| | | | | | | 않 | 아 | 도 | |

영화 〈구글 베이비〉

─────────────── 결혼을 꿈꾸는 친구의 남자친구는,
내 친구가 아이를 낳을 생각이 없다고 하자 "네가 아직 어
려서 그래, 나이가 들면 생각이 달라질 거야"라고 말했다.
나는 이렇게 받아치라고 속삭였다. "그건 네가 자궁이 없
어서 그래, 자궁이 있으면 생각이 달라질 거야."

여자 아이들은 첫 생리를 하면 축하를 받는다. 초경이
란 그 여성이 '임신할 수 있는 여성의 몸'이 되었음을 뜻
하는 신호인데, 이것은 마땅히 긍정되고 환영 받아야 한
다고 여겨진다. 이때부터 여자의 일거수 일투족은 먼 미
래의 임신과 출산을 전제하고 통제와 관리의 대상이 된다.
담배 피우지 마라, 술 마시지 마라, 찬 데 앉지 마라……
이러한 풍경들은, 여성의 몸을 가진 개인에게 암묵적으로

기대되는 임신과 출산의 의무를 나타낸다. 2016년에는 가임기 여성들이 어디에 얼마나 사는지 무려 정부기관에서 지도를 만들어서 표시하기도 했다. 이 가임기 여성 지도는 우리 사회가 여성을 여전히 자궁과 출산 기계로만 인식한다는 사실을 적나라하게 폭로해준다. 아니 알고는 있었지만 이렇게까지 대놓고 말하니 황망할 수밖에. 모두가 배변을 한다는 사실과 내 앞에서 바지를 내리고 배변을 해버리는 것은 다르잖아요?

급진적인 페미니스트였던 파이어스톤은 인공 자궁을 제안하며 여성과 임신·출산을 완전히 분리해야 한다고 주장했다. 임신과 출산의 아웃소싱은 인류의 오랜 전통이자 또 영원한 로망이다. 원시적이고 한국적인 형태는 '씨받이', 좀 더 우아한 단어로는 '대리모', 국제적인 형태로는 '매매혼', 그리고 SF 이미지에서는 유리관 안에서 자라는 태아. 평생 아이를 뱃속에서 만들고 낳을 일이 없는 인류의 절반은 고통 없이 아이를 낳는 것은 생명 경시를 조장한다며 날뛸 것이다. 하지만 당장 한 달에 일주일을 피

흘리고 또 다른 일주일은 생리 직전에 널뛰기를 하는 호르몬에게 당해야 하는 여성들은 이보다 99배는 고통스러울 임신과 출산을 '토스'할 수 있다는 달콤한 유혹을 선뜻 외면하기 어렵다. 눈 떠보니 나의 유전자를 가진 아기가, 나는 머리카락 한 올 상하지 않았는데 뚝딱 나타나는 것은 세상의 모든 아빠들에게는 일상적인 경험이니까.

영화 〈구글 베이비〉는 그러한 미래가 생각보다 코앞에 닥쳤음을 선포한다. '구글'은 세계 최대의 검색 엔진으로, 무엇이든 궁금한 단어를 입력하면 못 찾을 것이 없다. 그런데 그 검색 사이트에 '베이비'를 입력했을 때, 2018년을 살아가는 우리는 어떤 정보와 만나게 되는가. 사랑스러운 아기의 사진 대신, '아기를 얻을 수 있는 방법'이 버젓이 등장한다.

오랫동안 임신과 출산은 신의 영역이었다. 우리나라에서는 '삼신할미'로 상징되는, 전통적인 무속신앙이 존재했다. 무시무시한 속도로 발달한 의학은 영화 초반의 자막이 이야기하듯 '피임약의 개발은 아기를 가지지 않고 섹스할 수 있는 자유를 보장했'다가 이제는 '섹스 없이 아기를 가지는' 수준까지 이르렀다. 〈구글 베이비〉는 정자와 난자, 배아 그리고 그 배아를 안착시킬 자궁만 있으면 생명이 태어날 수 있는 현실에 적극적으로 카메라를 들이대면서 시작한다.

이스라엘인 도론은 게이 커플이지만 인공수정과 미국의 대리모를 통하여 자신들의 유전자를 이어받은 아기를 키우게 된다. 그리고 친구들과의 파티에서, 대리모 비용이 너무 비싸다는 말을 듣고 인도에서 대리모를 찾는 사업을 기획한다.

도론은 자신을 '베이비 프로듀서'라고 소개한다. 인도에는 가난한 여성들이 자궁을 제공하기 위해 줄을 서 있다. 그녀들은 대리모가 되어 집을 마련하거나 자신의 아이들을 교육시키고자 한다. 일반적으로 난자와 자궁을 제공하여 대리모가 되지만, 도론은 대다수의 고객들이 백인 여성의 난자를 원한다는 점에 착안하여 정자와 난자를 각각 다른 이에게 공급받고 착상만 인도 여성에게 시키는 방식을 제시한다. 임신한 여성들이 회사가 제공하는 숙소의 침대에 나란히 누워 있는 장면은 다소 섬뜩하고 기괴하기도 하다. 임신과 출산이 자본주의의 논리에 따라 '인도'에 아웃소싱되는 것은 경영학적 관점으로 보면 '효율적'이지만 변명의 여지없이 '비윤리적'이다.

문제는 단순하지 않다. 인도의 대리모 출산 전문병원의 병원장은 "이 일은 한 여성이 다른 여성을 돕는 일"이라고 표현한다. 드문 경우겠지만, 미국의 인기 시트콤 〈프렌즈〉의 여성 캐릭터 피비는 자발적으로 동생 부부의 대리모를 맡기도 한다. 그리고 임신과 출산을 '의뢰'한 여성은 저소득 빈곤층이 대다수인 여성의 생활고를 해결해준다. 대리모로 경제력을 얻은 여성은 가정에서의 입지도 달라진다. 여기까지 생각하면 베이비 프로듀서들의 말이 일순 설득력이 있다. 하지만 대리모의 남편들이, 대리모의 생식 능력에 의탁하며 자신은 경제 활동을 하지 않는 장면에 이르면 이것이 가부장제가 '아내'를 착취하는 새로운 방식일 뿐이라는 사실도 드러나버린다.

인도 소설가 마하웨스타 데비의 대표작 《젖어미》는 천민 여성 자쇼다가 브라만 가정의 유모로 들어가, 자신의 육체에서 샘솟는 풍부한 모유로 아이들을 기르고 가정을 부양하는 내용이다. 그러나 정작 자쇼다의 아이들은 굶주리고, 자쇼다는 유방암에 걸려도 제대로 치료를 받지 못한 채 모유가 마를 때까지 일하다가 방치된다. 자쇼다의 여성성은 자신과 가정을 지탱하는 자본이지만, 자쇼다에게 권력이 없기 때문에 칼자루를 쥐는 것은 자쇼다를 소유한 남편과 상위 계급의 고용주들이다.

마찬가지로 대리모들의 임신 기간 중 발생하는 문제, 예를 들면 질병이나 유산 등의 위험 요소는 중요하게 다루어지지 않는다. 의뢰인의 마음이 바뀌면 언제든지 임신이 중단되어야 하는데, 이 과정에서 모든 육체적, 정신적 부담은 대리모의 몫이다. 영화에서 대리모들은 아이를 낳을 때 왜인지 모르겠지만 마음이 찢어진다고 말한다. 누군가는 자신의 몸이 로봇과 같다고 쿨하게 말하지만, 누군가는 뱃속의 존재와 깊이 감응하여 고통을 느낀다. '베

야, 이건 내 거야.
나대지 야.

이비'를 '구글'하는 매끄럽고 체계적인 시스템 안에, 산후 우울증이거나 모성애일 수 있는 이 감정들이 비집고 들어갈 자리는 없다.

여성은 출산 기계가 아니고, 임신할 수 있는 몸으로 태어났다고 해서 모두가 임신과 출산을 할 필요는 없다. 이는 지극히 상식적인 이야기이다. 나는 평생 아이를 낳지 않을 것이다. 아이를 낳지 않아도, 혹은 심지어 불임의 몸이어도 나는 여성이고 나의 출산 능력은 나의 가치를 결정하지 않는다. 그래서 앞으로도 적극적으로 여성의 임신과 출산하지 않을 권리를 주장할 것이다.

안타깝게도 현실은 여성의 몸을 국가와 사회가 통제하려 하고, 그 과정에서 선택권이 없는 여성들이 스스로 착취의 늪으로 걸어 들어가고 있다. 이런 상황에서 내 개인적인 차원의 임신과 출산 파업만으로는 무언가 부족하다는 생각이 자꾸 든다.

궁극적으로 이 고민과 실천이, 혈연 중심의 가족주의나

여성의 신체를 이용하고 통제하는 국가와 자본주의에 저항하는 데까지 뻗어나갈 수 있다면 좋겠다. 너무 어렵고 막연해 보이지만, 실제로 한국 사회에서 외국 매매혼 여성들의 인권 침해나 여성의 재생산권을 다루는 방식은 심각한 문제이다. 이 문제들은 여성이 누려야 하는 개인의 임신, 출산의 자유와 무관하지 않다.

낙태죄 폐지 시위에서 마음에 들었던 문구로 이 장을 마무리하겠다.

"야, 이건 내 거야. 국가는 나대지 마라."

						아	이	보	다
					내		삶	을	
				더		중	시	해	도

영화 〈국화꽃 향기〉

──────── 나에게는 늦둥이 동생이 두 명 있다.
셋째는 내가 중학교 2학년일 때, 넷째는 중학교 3학년일
때 태어났다. 엄마의 임신 사실을 처음 알았을 때, 둘째이
자 막내로 살아왔던 나는 드디어 나에게도 동생이 생긴다
는 사실에 무척 들떴다. 그런데 얼마 후 엄마가 다니던 병
원에서 아기를 포기하라는 말을 들었다. 엄마의 자궁에
혹이 생겨서, 이대로 임신 상태를 유지할 경우 엄마가 위
험해질 수 있다는 진단이었다.

의사는 당시 태아였던 동생을 가리켜 산모의 건강을 갉
아먹는 '살모사' 같은 존재라고 표현했고, 이 말은 엄마에
게도 꽤 큰 충격을 주었다. 우리 가족은 큰 실의에 빠졌
다. 하지만 수소문 끝에 찾은 다른 병원에서는 임신과 출

산에 큰 지장이 없다고 진단했다. 거리와 비용의 문제가 있었지만 엄마는 임신 기간 내내 그 병원을 오가는 불편을 감수했고 동생은 무사히 태어났다. 엄마도 여전히 건강하시다. 우리 가족은 여러모로 운이 좋았다. 그러나 모든 사람이 이렇게 운이 좋을 수는 없을 것이다.

중학교 3학년이 되던 해 영화 〈국화꽃 향기〉가 개봉했다. 동명의 베스트셀러 소설이 원작인 영화는 인하(박해일 분)와 희재(故 장진영 분)의 러브 스토리를 담고 있다. 인하는 대학교 북클럽 선배인 희재를 사랑하지만, 희재에게는 이미 연인이 있다. 희재는 인하의 사랑을 한때의 치기로 여기며 고백을 거절한다. 인하가 희재를 잊으려고 고군분투하는 가운데 희재는 사고로 약혼자와 부모님을 한꺼번에 잃고, 인하는 마음의 문을 닫아버린 희재를 7년이나 기다린다. 마침내 희재는 인하의 사랑을 받아들이고 두 사람은 결혼한다. 희재의 임신으로 행복이 절정에 달했을 때 희재는 위암으로 시한부 판정을 받는다. 그러나 희재는 아이를 지키기 위해 투약이나 항암치료를 거부한다.

새벽, 혼자 부엌에 숨어 고통을 억누르던 희재의 모습은 십 년이 훨씬 지난 지금도 눈에 선하다.

'제발 그냥 진통제를 먹어.' 영화를 보면서 나는 몇 번이나 고통스러워하며 마음으로 소리쳤다. 그런 한편 희재의 모성과 정신력에 경탄하던 나는 당시 미션스쿨에 다니고 있었다. 학교에서는 순결 서약식을 하며 학생들을 어두컴컴한 강당에 모아놓고 잔인한 낙태 비디오를 틀어주었다. 희재는 결국 아기를 낳다 죽고, 인하가 딸과 나란히 앉아 책을 읽는 장면으로 영화는 끝난다.

대학교에 들어와 중간고사가 한창이던 어느 날, 간호학과에 다니던 친구가 푸념을 했다. 요즘 배우는 내용은 임신과 출산 부분인데 세상에 그렇게 많은 질병이 있는 줄 몰랐다고. 산모가 임신을 함으로써 걸릴 수 있는 질병과 (여기에는 태아가 걸리는 병도 포함된다), 출산 과정에서 처하는 위험한 상황들이 많아도 너무 많다고. 같은 수업을 듣는 친구들끼리, "우린 거의 기적에 가까운 확률 아니냐", "무서워서 어떻게 임신을 하느냐", "알고는 못 낳을 것 같다"

등의 대화를 나누었다고 했다. 산모가 위급한 상황에서도, 제왕절개를 거부하거나 산모와 아기 중 누구를 살릴지 결정하는 것은 남편과 시부모라는 풍문 아닌 풍문들······.

가끔 생각한다. '만약에', 그때 엄마가 '선택'을 해야만 했다면. 희재가 아이를 포기하고 투약과 항암치료를 받고 싶어 했다면. 그때부터 어떤 일이 기다리고 있었을까?

KBS2TV의 〈슈퍼맨이 돌아왔다〉에 출연했던 배우 송일국의 세쌍둥이는 어마어마한 인기를 끌었다. 송일국은 종종 아내가 정말 힘들게 임신과 출산을 해냈다고 언급했다. 세쌍둥이는 산모의 신체에 큰 부담을 주기 때문에 병원에서 선별적인 임신중절을 권유했는데, 송일국의 아내는 이를 거부하고 셋을 다 낳기로 결심한다. 그리고 해낸다. 방송에서 이 이야기는 '엄마의 힘'이나 모성의 위대함을 강조하는 감동 코드로 다루어졌다. SNS에서 유명한 쌍둥이들의 탄생 일화에서도 비슷한 일들이 자주 벌어진다. 세쌍둥이 이상을 임신한 임산부들은 아이를 모두 낳기로 결심한 순간부터 매일매일이 살얼음판이다.

심장이 터질 것 같아 한 걸음도 걷지 못하고 주저앉거나, 졸도하는 등의 일이 벌어진다. 의학적으로 위험하다는 진단이 내려진 상황에서 산모가 기댈 곳이라고는 행운, 그리고 그 자신조차 한계를 가늠할 수 없는 체력과 의지력뿐이다.

똑같은 생명이기 때문에 선택할 수 없다는 결정은 숭고하며, 위험을 감내하는 큰 용기를 필요로 한다. 무사히 태어난 아이들을 보며 느끼는 그들의 기쁨과 행복은 생판 남의 눈에도 반짝거린다. 다만 지금 하려는 이야기는, 가부장제 사회에서 여성의 임신과 출산은 온전한 개인의 선택만이 아니기에 이를 마냥 아름다운 희생과 모성의 승리로만 포장할 수 없다는 것이다.

여성의 몸은 복잡한 억압과 폭력과 이데올로기가 교묘하게 교차하는 전쟁터이다. 임신과 출산이라는 거대한 사건 앞에서 그 양상은 더욱 치열해지는데, 이는 오랫동안 숭고하고 신성한 모성 신화의 베일로 은폐되어 왔다. 아직도 여성이 선택하는 임신중절은 불법이고, 기혼 여성의 경우 법이 정한 사유를 충족하는 동시에 배우자의 동의가 있어야만 임신중절을 할 수 있는 현실은 여성들을 일제히 어느 한 방향으로만 몰아간다. 이 과정에서 임신중절 여부는 여성의 도덕성이나 모성을 판별하는 성적표가 되고야 만다.

'모체의 건강을 심각하게 해치고 있거나 해칠 우려가 있는 경우'는 법이 허용하는 임신중절의 사유 중 하나다. 의사들이 임산부에게 선별적인 임신중절 혹은 임신중절을 권유하는 경우가 여기에 해당한다. 그러나 법이 정한 협소한 범위 바깥의 임신중절은 모조리 범죄화하고 여성에게 끊임없이 임신중절에 대한 죄책감과 공포를 주입하는 사회에서 이 '심각하게'는 평가의 잣대가 된다. '심각해서' 임신중절을 한 여성은 죄책감을 갖게 되고, '심각하지 않음에도' 임신중절을 한 여성은 악마화된다. 때로는 희재처럼 자신의 생명을 깎아가며 남은 시간을 오로지 고통으로 채워가면서까지 자신보다 아기를 우선할 수도 있다. 그리고 그 선택이 희재처럼 모성과 혼자 남을 남편에 대한 사랑 때문이 아니라, 아내이자 며느리로서 '그래야 하기 때문'일 수도 있다. 이건 농담이나 과장이 아니다. 당장 아내와 며느리 그리고 '자손'이 필요해서 외국에서 여성을 사오는 나라에 우리는 살고 있다.

이런 현실에서 언제나 조명되는 것은 '그럼에도 불구하고' 출산을 감행하고 무사히 살아남은 여성들뿐이다. 선별적으로 임신중절을 한 여성들은 말할 수 없다. 그것은 '함량미달의 모성'이거나 '실패한 신화'로 구별되기 때문이다. 오직 본인이 손쓸 수 없이 일어나는 자연유산의 경우에만 임산부 여성은 무구한 연민의 대상이 된다. 마찬가지로 아이를 우선시하다가 사망한 여성들을 우리는 알 수 없다. 한 할머니는 나에게 "예전에 여자가 아이를 낳으러 가면서 신발을 벗으면 '내가 다시 이 신발을 신을 수 있을까?'라고 생각했다"라는 말을 해주었다. 그만큼 임신과 출산이 위험부담이 크다는 것. 아주 오래 전부터 너무나 많은 여성들이 '아이를 낳다가' 혹은 '아이를 낳으려다가' 죽었고 또 죽고 있지만, 죽은 자는 말할 수 없다. 남은

자들의 말은 그들의 것이 아니다.

2017년과 2018년, 여성들은 다양한 방법으로 낙태죄 폐지를 요구하고 청원했다. 그때마다 배아와 태아의 생명권을 주장하는 낙태 반대 세력도 극성이었다. 태아의 생명권과 여성의 선택권을 이분법적으로 놓고 대립시키는 구도에서 '어머니 되기를 거부'하는 여성은 아기보다 자신을 중시하는 이기적인 존재다. 이런 맥락에서 여성에게 임신중절을 강요하는 '젠더사이드gendercide' 같은 사례는 은폐된다. 내가 태어난 1988년은 국가의 인구정책과 가부장제가 합쳐져 여성에게 임신중절을 공공연하게 권유하고 강요하던 젠더사이드가 한창이었다. 1986년, 1988년, 1990년은 각각 범띠, 용띠, 백말띠라 여자가 드셀 것이라는 편견이 합쳐져 최악의 성비를 기록했다. 여아가 100명 태어날 때 자연성비가 105인 남아가 해당 년도에 111.7명, 113.2명, 116.5명을 기록했다는 사실은 그만큼의 여아와 산모가 젠더사이드의 피해자가 되었다는 뜻이다. 그러나 뉴스에서는 임신중절을 강요받은 여성들보다 불균형한 성비 때문에 남자아이들이 자라서 결혼을 못하거나, 여자 짝꿍이 없는 것을 걱정했다.

이러한 인식과 걱정은 실제로 큰 영향력을 행사했다. 여성의 삶을 다룬 베스트셀러 《82년생 김지영》을 패러디한 '90년생 김지훈'을 출판하겠다고 한 남성은 1990년대 남성이 당한 차별의 예시로, 이 성별 분포 때문에 연애와 결혼이 어렵다는 것을 든다. 그 사고에는 젠더사이드의 피해자인 산모와 여아에 대한 인식은 들어갈 구멍이 없다. 실로 무시무시한 발상이다.

이 무렵 태어난 여자아이들은 운이 좋게 첫째였거나, 우연히도 위로 남성인 형제가 있었거나, 다행히 가족들이 마음이 약했거나, 엄마가 다른 가족들과 싸우며 목숨을 걸고 지켜낸 결과이다. 국가와 가정이 원하지 않는 임신과 출산은 여성이 모든 위험 부담을 지며 중단해야 하지만, 여성이 원하지 않는 임신과 출산은 온 세상이 나서서 막는 아이러니.

원할 때는 임신과 출산이 보호 받아야 하고, 원하지 않을 때는 중단할 수 있어야 한다. 그리고 그 선택은 비난받거나 단죄되어서는 안 된다. 그 누구도 모성의 진정성이나 크기를 측정하여 보상하거나 처벌할 수 없다. 여성은 어머니가 되려고 태어난 것이 아니며, 예측할 수 없는 위험 앞에서 자신의 안전을 우선시할 수 있어야 한다. 힘든 조건을 이겨낸 여성은 어디까지나 특수한 사례이며, 보편적으로 통용되고 모두에게 권장할 수 있는 기준이 아니다.

내면의 아름다움에
관심이 없어도

영화 〈족구왕〉

———————— 지금도 전국의 교실 어딘가에는 "10분 더 공부하면 미래의 아내의 얼굴이 바뀐다" 같은 급훈이 걸려 있을 것이다. 4차 산업혁명이니 인공지능이니 어쩌고 하는데, 그런 급훈이 걸려 있는 교실을 찾아내서 액자를 폭파하고 급훈을 고른 교사에게 4차례의 성평등 교육을 실시하는 기술은 아직인가 보다. 여성과 연애와 결혼은 전리품이 아니지만, 전리품으로 취급 받으며, 온 사회와 미디어가 힘을 합쳐 그런 메시지를 보내고 있다. '트로피 와이프'라는 단어가 여기에 해당한다. 1989년 미국 〈포춘〉지 커버스토리에 등장하면서 널리 쓰이는 이 단어는, 사회적 성취를 이룬 남성의 아름답고 젊은 아내를 뜻한다. 여성이 전리품이자 과시용으로 소비되는 양상을 함

축한 말이다.

그런데 이 글에서 말하고자 하는 것은 특별하지 않은 남성 인물에게 아름다운 여성이 매칭되는 경우이다. 정직한 나무꾼에게 산신령이 주는 금도끼 은도끼처럼, 못생기고 가난한 남자들에게 그 성품 하나로 아름다운 여자가 '보상'으로 주어지는 서사는 발에 차일 만큼 많다. 한 드라마 제목 하나만 놓고 뜯어보자. '어떤 아저씨'는 돈도 없고 나이도 많고 심지어 결혼해서 아이와 아내가 있는데도 그 진실된 인간성 때문에 24살 어린 여자의 가열찬 대시를 받는다. 나이가 많은 여자는 밥을 잘 사주고 예쁘기까지 해야 하는 것과 대조적이다. 남성은 동서고금을 막론하고 돈이 많아도, 돈이 없어도, 성공해도, 보잘것없어도 미인을 얻을 자격이 생긴다.

이 밸런스 붕괴의 연애는 어떻게 가능할까? 이 보상체계에는 진짜 중요한 가치가 무엇인지 알아보는 현명한 여자가 필요하다. 그러면 드라마처럼 흔해 빠진 아저씨에게서 사랑스러운 구석을 발견하는 것도 가능한 것이다. 아… 해물맛 컵라면에 천연 진주가 들어 있는 게 더 쉬울 듯.

왜 항상 여자들만 '내면'의 아름다움을 알아보고 중시해야 할까? 겉모습에 조금이라도 연연했다가는 지옥문이 열리고 만다. 당장 남자의 키가 중요하다고 발언한 여자 대학생은 두고두고 온/오프라인 상으로 가혹한 괴롭힘을 당했고, 조건을 따졌다가는 '김치녀'로 불리며, 얼굴을 중시하면 '진정한 가치를 모르는' 얼간이 취급당한다.

최근 몇 년간의 페미니즘 열풍으로 남녀에게 각기 다르게 가해지는 외모 기준의 모순이 폭로되고, 이를 비꼬는 방식으로 여성들이 적극적으로 남성의 외모를 대상화하기도 하지만, 오랜 시간 퇴적되어온 차별에 비하면 빌 게이츠 통장의 이자 18원 정도의 느낌이다. 사람의 가치를 평가하거나 연애 감정을 느끼는 기준은 각기 다르기 마련이고, 외모나 조건에 연연하는 것은 차별을 양산할 수 있다. 하지만 어째서 못생긴 외모와 열악한 조건을 극복하고 진정한 사랑을 하는 주체는 언제나 여성이고, 여성이어야만 하고, 여성일 수밖에 없을까?

〈족구왕〉(2014)을 처음 볼 때 나는 그런 불안을 느꼈다. 홍만섭(안재홍 분)은 스펙도 보잘것없고, 족구에 목매는 한심한 복학생이며, 잘생기지도 않았다. 그러나 그는 캠퍼스 퀸카 서안나(황승언 분)를 좋아한다. "남들이 싫어한다고 해서 자기가 좋아하는 것을 하지 않는 것도 바보 같은 짓"이라는 만섭의 매력에 안나도 서서히 빠져드는 것 같다. 안나에게는 전직 국대 축구선수인 잘생긴 '썸남' 강민(정우식 분)이 있지만 그는 겉보기에만 화려할 뿐 고시원에 살면서 비싼 차를 타고 다니는 '쭉정이'다. 만섭을 무시하던 강민은 만섭에게 족구를 지고 족구대회에 출전하기로 한다. 안나는 만섭의 팀을 응원하며 강민을 이겨달라고 부탁한다. 만섭이 족구 연습을 하는 동안 안나는 늘 곁을 지키고, 만섭의 족구팀과 친구가 된다.

누가 봐도 어남섭, '어차피 남자친구는 만섭'이 결정된 스토리로 보였다. 모두가 좋아하는, 캠퍼스에서 제일 예쁜 안나는 초반 도도하고 안하무인인 캐릭터였지만 이내 만섭의 순박한 매력에 반하고, 둘은 만섭이 족구대회에서 우승할 때 뜨거운 키스를 나누며 커플이 되겠지……. 남성 인물이 주인공인 청춘 영화에서 여성 캐릭터는 언제나 '트로피' 아니면 '쌍년'이니까. 안나는 아마도 만섭의 트로피일 것이고, 만섭을 통해 '진정한 가치'가 무엇인지 배우는 시혜적인 결말이 기다릴 줄 알았다. 그러나 어떻게 된 일인지 슬픈 예감이 빗나갔다. 족구대회가 끝나는 순간 안나가 달려가는 대상은 승리한 만섭이 아니라 패배한 강민이다. 한참 썸을 타다가 만섭으로 인해 갈등했던 안나의 남자, 잘생기고 유명하지만 딱히 성품은 뛰어나지 않은 강민.

〈족구왕〉에서 안나는 트로피도, 쌍년도 아니다. 만섭은 안나에게 진심을 담은 고백을 하고, 그 장면은 매우 찡하며, 안나도 감동을 받고, 숨겨진 반전도 있지만, 어쨌든 안나의 선택은 만섭이 아니다. 만섭도, 영화의 시선도 그런 안나를 〈건축학개론〉적 감성으로 더 잘난 남자에게 갔다고 비난하지 않는다. 같이 족구를 하며 즐거워하고, 안

나가 때론 강민보다 만섭을 더 높이 평가하고, 주위의 시선을 신경 쓰지 않는 만섭의 모습에 흥미를 느낀다고 해서 만섭을 연애 감정으로 좋아하는 것은 아니다. 영화는 만섭의 감정을 소중하게 다루는 동시에 안나의 선택도 평가하거나 비난하지 않는다. 이런 류의 접근이 신선하게 느껴진 이유는, 그동안 너무나 많은 여성 캐릭터들이 진심을 받아주지 않았거나, 만섭 같은 '진국'을 몰라봤다는 이유로 '쌍년'이 되었기 때문이다.

진국, 진국이란 무엇인가? 이 말은 대개 인성이나 사회성을 표현하며 '정이 많고, 알고 보면 좋은 사람'이라는 용례로 쓰이고 대부분은 남성을 가리킨다. "그 언니 참 진국이야"라든가 "만나봐, 그 여자 완전 진국이야"라는 표현은 조립이 잘못된 장난감처럼 삐그덕거린다. 사실 남성 또래 집단에서 높은 평가를 받는 이 '진국'은 위계 중심적이고 성차별적인 한국 문화의 특성상 무례하거나, 성차별적인 언행을 일삼기에 젊은 여성들 사이에서는 기피대상이다.

그런데도 세상에는 참 많고 많은 진국이 있으며, 남성

사회에서 긍정적인 평가를 받는 진국은 여러 관계에서 우위를 점한다. 이 진국이 언제나 남성이라는 것은 곧 내면의 진가, 혹은 내실이 언제나 남성의 가장 중요한 가치로 여겨진다는 뜻이다. 그들은 외면이, 경제적인 조건이, 사회적 지위가 어떻든 고결한 내면의 소유자일 수 있다. 만섭은 무례하거나 성차별적인 행동을 하지는 않지만, 잘생기거나 스펙이 좋은 캐릭터가 아니다. 다만 성실하고, 자기만의 철학이 있으며, 순정을 간직했다는 점에서 순정 진국의 카테고리에 들어갈 수 있겠다.

여성은 왜 진국이 될 수 없는가? 한때 '개념녀'라는 단어가 여성 진국의 자리를 차지할 뻔하기도 했으나, 원칙적으로 여성은 '겉모습은 보잘것없지만 알고 보면 진짜 좋은 사람'을 의미하는 진국이 될 수 없다. 가부장제 사회에서 여성은 예쁜 것이 곧 '착한' 것이기 때문이다. 분서갱유를 해도 시원찮을 수많은 문구들을 생각해보자. 착한 몸매, 착한 얼굴, 착한 각선미, 착한 비율…… . 아름다운 내면 때문에 보잘것없는 겉모습이 용서되는 여성은 가판

대에 널려 있는 옷만 집었다 놨다 하는 검소하고 안쓰러운 어머니 정도? 여성에게 주어지는 것은 진국이 아니라 진국의 가치를 알아보는, 말하자면 장금이 같은 역할뿐이다. 좀 못생겨도, 볼품없어도, 매력을 쥐어짜서 사랑할 구석을 찾아낸다 하여 이것을 '착즙'이라고 냉소적으로 부르기도 한다. 쌍년이 되지 않으려면 볼품없는 껍질 안쪽에 감춰져 있는, 파인애플 속살처럼 향긋하고 달콤한 아름다운 내면을…(하아) 착즙하고 사랑해야 하는 것이다. 사람을 겉모습만 보고 판단하면 안 된다는 명제는 너무 뻔하고 진부하다. 그리고 이 도덕적 가르침은 여성에게만 향한다. 어떤 규범이 정체성에 따라 비대칭적으로 적용된다면 차별이다.

눈에 보이지 않는 내면의 아름다움을 발견할 때까지는 많은 시간과 정서적인 노동이 필요하며, 심지어 내면도 보잘것없을 수 있다. 풀꽃은 오래 보아야 예쁘지만, "어리석은 여자들아, 나의 내면을 보라"고 울부짖는 이의 내면은 그냥 잡초가 아닐까? 나는 언제나 한국 사회가 너무나 많은 여성들을 이 불확실하고 위험부담이 큰 발굴에 몰아넣는다고 생각했고, 그 광경을 괴이하게 여겼다.

'미녀와 야수'의 예시는 이제 그만 좀 유통하고 부추겼으면 좋겠다. 내면의 아름다움은 발견되어 사랑 받으려고 기다리는 산삼이 아니다. 타인에게 불이익을 감수하면서까지 내면을 발견하고 사랑해달라고 요구할 권리는 누구에게도 없다. 더군다나 여성은 굳이 진정한 아름다움을 알아보는 선구안을 기를 필요도, 모든 조건을 제치고 그것을 최우선 가치로 여겨 사랑할 의무도 없다. 혹여 내면의 아름다움을 발견한다고 해도 다른 아름다움을 원한다면 선택할 수 있어야 하고, 그 선택은 누구에게도 비난받지 않아야 한다.

방긋방긋 웃지
않아도

동계올림픽 여자 컬링팀, '팀 킴'

──────────── 아직도 어제 일처럼 생생하다.

"너는 무슨 애가 그렇게 얼굴이 어두워? 평소에도 웃는
걸 못 봤어. 널 보면 내가 다 기분이 나쁘다. 정신에 무슨
문제 있어?"

교사는 교무실 한복판에서 열여덟이었던 나를 혹독하
게 족대겼다. 교사가 나에 대해 잘못된 정보를 이야기하
고 다닌 것에 대해서 해명하러 간 자리였다. 어른이 쉽게
사과하거나 인정하리라고 생각하지는 않았지만 뜬금없이
평소의 '태도'를 문제 삼을 줄은 몰랐다. 교사는 고작해야
일주일에 두 번 정도, 한 번에 45분, 수십 명 속에 있는 나
를 보는 게 전부인 다른 과목 담당이었고 개인적으로 이
야기를 나눈 적도 거의 없었다. 늘 잠이 부족하고 하루 12

시간 이상을 답답한 교복에 갇혀 있는 고등학생이 웃지 않는다고, 사근사근하지 않다고 폭언을 들을 줄이야.

방금 전까지만 해도 나는 친구들과 허리를 구부려 가며 웃었지만 교사가 요구한 것은 그런 종류가 아니었다. 교사는 언제나 학생들을 살벌한 눈으로 부라렸지만 아무도 그에게 "선생님, 좀 웃으세요, 표정이 그래 가지고 우리가 공부할 맛이 나겠어요?"라고 말할 수 없었다.

'웃지 않음'은 누군가에게 당연히 누릴 수 있는 자유지만 누군가에게는 허용되지 않는다. 누군가는 타인의 '웃지 않음'을 지적할 권력을 휘두르고 누군가는 자신의 감정과 무관하게 언제 어느 때고 웃어야 한다. 10대 후반, 청소년보다 '여자'로 표상되기 시작한 나는 사회로부터 봉투 하나를 받는다. 그 안에는 이제 지금까지와는 좀 더 결이 다른 종류의 미소를 단련해야 한다는 메시지가 들어 있었다.

"애교 섞인 말투와 싹싹한 리액션도 잊지 마세요!"

잊을 만하면 '태도 논란'이 실시간 검색어에 오르고 화제가 된다. 대개 논란의 주인공은 여성 연예인이다. 소희, 제시카, 크리스탈, 아이린, 효린, 걸스데이, 김유정……. 무표정한 얼굴이 카메라에 자주 잡히거나, 농담에 웃지 않거나, 리액션을 적극적으로 하지 않았거나, 짝다리를 짚고 손톱을 들여다보았다거나 하는 행동이 뭇매를 맞았다.

　남자 연예인도 태도 논란에 휩싸이지만 정도의 차이가 분명히 존재한다. 태도 논란의 핵심은 이른바 '바람직한 태도'의 기준이 있다는 뜻이고 이것은 여성 연예인에게 훨씬 더 엄격하다. 남성 연예인들이 웃지 않는 것은 멍하거나 카리스마 있거나 까칠한 캐릭터로 소비된다. 그가 덩치가 크거나 물리적 힘에서 우위를 점할 경우에는 불편한 기색도 마음껏 티낼 수 있다. 하지만 여성 연예인이 재미없는 농담에 웃지 않거나 시종 미소 띤 얼굴이 반복해서 카메라에 잡히지 않으면 난리 바가지가 난다. '웃지 않음'은 어쩌나 강력한지, 질문에 열심히 대답하고 반듯하게 앉아서 남의 이야기를 경청했던 '태도'나 MC들의 무례한 질문이나 진행 같은 외부적 문제들도 먹어치워 버린다.

이러한 분위기는 꾸준히 여성들의 숨통을 조인다. 걸그룹은 이런 압박을 가장 많이 받고 내면화하여 실천하는 집단이다. 텔레비전을 틀면 누군가 고개만 까딱해도 일사분란하게 웃음을 터뜨릴 준비가 되어 있는, 공기를 이미 반쯤 들이마신 어리고 예쁜 여자들이 넘쳐난다. 연예인은 공인이니 어쩔 수 없다고 누군가는 말할지 모르지만, 사실 연예인은 공인이 아니다. 그리고 그들이 설령 영향력이 큰 방송인이라고 해도, 매 순간 방긋방긋 웃지 않는다고 해서 보복이 가해진다면 그것은 부당하다. 노래나 춤, 연기를 직업으로 삼은 이들에게 모두의 기분을 거스르지 않거나 언제나 광대를 올린 채 대기해야 할 의무는 없다. 게다가 이는 연예인에게만 해당하는 사항도 아니다.

'부장님 개그'라는 표현은 상사의 비위를 맞추기 위해 웃기지 않는 농담에도 억지로 웃음을 뽑아내야 하는 권력관계를 대표한다. 교수님의 한 마디에 학생들이, 손님의 헛소리에 아르바이트생들이 웃는다. 그 수직적 위계에 젠더 권력이 더해지면서 여성들은 더 세분화되고 일상적인 웃음을 강요받는다. "남자들만 있어서 칙칙하다"면서 여성의 존재를 추어올릴 때, 여성은 화사한 분위기 메이커라는 전제가 깔린다. 여성을 꽃으로 대상화해온 유구한 역사가 이를 입증한다. 여성에게는 칙칙함, 즉 웃지 않음이 허용되지 않는다. 자신의 감정이나 컨디션 상태와 무관하게 기본적으로 미소와 높은 톤의 목소리를 장착해야 한다. 무표정도 위험하다. "표정이 그게 뭐냐, 좀 웃어라", "여자가 그러고 있으니까 일할 맛이 안 난다", "뭐 불만 있니?"

상황이 이렇게 되면 모든 선택지가 최악으로 치닫게 된다. 요구에 따라 웃어도 굴욕감이 들고, 웃지 않으면 치사하고 옹졸한 보복이 돌아온다. 웃어야 할지 말아야 할지 고민하는 순간의 에너지나 웃으라는 지적을 받았을 때 느끼는 불쾌감, 그로 인한 정신적 피로는 또 어떻고?

우리에게는 훨씬 더 많은 '웃지 않는' 여자에 대한 예시가 필요하다. 개인이 웃으라는 요구에 일일이 저항하는 것은 아직 너무나 힘에 부치고 많은 위험부담이 따르는 일이기에.

2018년 동계올림픽에서 컬링팀 '팀 킴'은 폭발적인 인기를 누렸다. 비인기 종목의 열악한 환경에서 갈고닦은 뛰어난 실력이나 독특한 팀 결성 스토리만큼 화제였던 것은 스킵인 김은정 선수의 캐릭터였다. 김은정 선수는 머리를 바짝 묶고 안경을 쓴 채 시종일관 진지한 모습으로 경기에 임했다. 경기가 중계되는 동안 김은정 선수가 웃지 않는다는 이유로 무섭다, 무뚝뚝해 보인다, 여성스럽지 않다는 댓글이 넘쳐났다. 그러나 외국 중계 캐스터의 말대로 경기에 집중하는 선수가 웃을 이유는 어디에도 없다. 여성들은 김은정 선수의 진지한 모습에 열광했다. 다양한 패러디와 팬아트가 쏟아졌고, 팬들이 김은정 선수의 한결 같은 표정을 수집한 이미지는 〈타임〉지까지 진출했다. 누군가는 웃지 않는 여자를 불편해하고, 누군가는 적극적으로 반긴다. 이 차이는 불필요한 미소를 강요받는 경험의 여부에서 비롯되기도 할 것이다.

　돈을 감당할 수 없이 많이 주거나, 일이 너무 적성에 맞아서 자아실현에 대한 기쁨으로 횡격막이 터질 것 같더라도 매 순간 웃을 순 없을 것이다. 그런데 이런 상황을 세팅해둔 것도 아니면서 도대체 무슨 자격으로 여성에게 자기가 '보시기 좋으라고' 웃는 얼굴을 요구하는 걸까? 여성이 웃지 않으면 웃으라고 말하기 전에, 왜 유독 한 성별의 무표정이 거슬리는지 자신의 마음과 대화해 보아야 하지 않을까?

　방긋방긋 웃는 것, 과다하게 맞장구치는 것, 분위기를 화사하게 만드는 것 등은 여성으로 태어난 순간 자연스럽게 딸려오는 옵션이 아니다. 맡겨 놓은 양 요구하지 말고 없다고 질척거리지 말자. 여성에게 웃음을 강요하고 싶어 근질근질하다면 일단 손을 들어 자신의 입을 세게 한 번 때리면 된다. 물론 그런 사람들은 이런 책 자체를 읽지 않겠지만. 아이고 이게 무슨 일이람, 교양을 갖춘 죄로 고생이 많습니다.

여성은 누군가가 보기 좋으라고 태어난 존재가 아니고 미소 자판기도 아니다. 여성의 미소는 자신의 감정과 판단에 따르는 것이고, 개인의 생활과 컨디션 등을 무릅쓰고 분위기 전환용으로 내놓으라고 요구할 수 없다. 여성이 방긋방긋 웃지 않아서 분위기가 처지고 일할 맛이 안 난다면, 그냥 그 사람이 무능하다는 증거일 뿐이다. 웃지 않는 여성의 잘못이 아니라.

나이가 어리지
않아도

———

영화 〈수상한 그녀〉

29살의 가을, 나는 어딜 가든 세상의 오도방정과 차차차를 춰야 했다. 친구들뿐 아니라 난생처음 보는 미용사, 화장품 가게 직원, 택시 기사까지 차차차, "이제 서른인데 기분이 어떠냐?"라는 스텝을 걸어왔고 나는 차차차, "아유, 싱숭생숭하죠 뭐~"하고 받았다. 사회성과 보편적 감수성이라는 골반을 씰룩거리며. 사실은 아무런 감정도 안 드는 주제에 가끔은 머리를 흔들며 "나도 이제 계란 한 판~!" 하는 재롱도 떨었다. 그러면 상대가 되게 좋아했으니까. 대화는 으레 끝나버린 젊음에 대한 슬픔을 과장되게 토로하며 끝났다.

'서른, 잔치는 끝났다'고 한 시는 분명히 그런 의미가 아닐 텐데도 서른은 모든 가능성과 희망과 즐거움의 끝의 상징처럼 쓰였다. 특히 여성에게는 사형 선고나 다름없었다. 그런 말들이 공기처럼 퍼져 있었다. 여자는 크리스마스 케이크 또는 트리라서 25세를 넘으면 값이 떨어진다더라, 서른 살이 넘은 여자는 상품성이 없기 때문에 상장 폐지된, 이른바 '상폐녀'였다. '고3'은 산삼보다 좋다는 소아 성도착증 발언이 부끄러운 줄도 퍼졌다. 기안84는 웹툰에서 서른 살의 여성을 이젠 어떤 화장품을 발라도 소용이 없고, 젊은 여성을 질투하며 열등감을 느끼는 존재로 그리기도 했다. 아저씨는 40살 넘어 주접을 떨어도 '영포티'라며 '영'을 붙여주고 '나의 아저씨'가 되지만 여성은 25살만 넘어도 '꺾인다.' 걸그룹 레드벨벳의 아이린은 보통의 걸그룹 멤버들보다 나이가 조금 많다는 이유로 끊임없이 놀림을 받고 조롱당한다. 〈아는 형님〉에서 나이가 많다고 놀림 받던 아이린은 26살이고, 놀리는 남자들은 다 40살이 넘었다.

어리지 않은 여성은 여성이 아니다. 그렇다고 주입하고 끊임없이 젊음을 욕망하고 노화를 감추도록 부채질한다. 나이든 여성을 기다리고 있는 라벨은 멸시하고 싶은 '아줌마' 혹은 숭배하고 싶은(그러나 그이의 욕망이 나보다 우선해서는 안 되는) '어머니' 혹은 무성적 존재인 '할머니'뿐이다. 어린 육체만이 여성의 가치이자 여성 그 자체로 여겨졌다.

영화 〈수상한 그녀〉는 이러한 시선을 노골적으로 드러내는 영화이다. 노인 소외 문제를 다룬다고 하지만 영화는 초반부터 여성을 '공'에 비유하면서 시작한다. 10대와 20대의 여성은 많은 남성들이 쟁취하기 위해 덤벼드는 단 하나의 농구공 혹은 럭비공이다. 30대의 여성은 그보다 소수인 남성이 높은 집중력으로 좇는 탁구공이다. 이어지는 장면에서 한 할아버지가 풀스윙으로 골프를 한다. 가급적 멀리 보내버리고 싶은 골프공, 60대 여성이다.

영화에서 오말순(나문희 분)은 그야말로 억척스러운 할머니의 전형으로 등장한다. 혹독한 시집살이로 며느리가 스트레스성 질환을 얻고, 분리가 필요해지자 가족들은 말순을 요양원에 보내려 한다. 울적해하던 말순은 우연히 기묘한 사진관에서 증명사진을 찍은 후 20대(심은경 분)로 회춘한다. 골프공에서 럭비공으로 신분상승 혹은 인생역전한 말순은 혼란스러운 적응기를 거친 후 마음껏 젊음을 즐기기 시작한다. 말순은 자신의 헤어스타일이 찜질방에 모여 있는 다른 '아줌마' 혹은 '할머니'와 다를 바 없는 뽀글머리인 것을 부끄러워하며 미용실에 가고, 만지작거리기만 하던 신발이나 예쁜 옷을 사들인다. 혼자서 아들을 키우느라 젊음을 몽땅 써버린 말순이 소비에 눈 뜨는 장면은 일순 통쾌하지만 말순이 젊음을 즐기는 행동은 딱 이 정도까지이다.

회춘한 말순이 처음 겪는 일은 술 취한 남성에게 희롱당하는 것이다. 아직 자신이 회춘한 줄 모르는 말순은 그가 말 안 듣는 손자라도 되는 양 흠씬 혼을 내준다. 예쁜 얼굴에 억센 사투리와 우악스러운 행동, 이것이 〈수상한 그녀〉라는 코미디 영화의 중요한 정체성이다. 할머니가 억세고 우악스러운 것은 당연하다. 오히려 할머니가 억세고 우악스럽지 않으면, 예쁘게 행동하거나 여리면 그것이 특이한 설정이자 조롱거리일 것이다. 여성적이지 않은 여성이 얼마나 우스꽝스러운지, 관객은 실제로 한껏 여성스럽게 꾸며 놓은 배우를 통해 확인한다. 말순을 가수로 캐스팅하는 한승우 PD(이진욱 분)는 말순을 보며 "완전 특이해, 요즘 여자들이랑은 완전 달라"라고 말한다. 말순이 예쁘고 어리기 때문에, 이것은 다시 '예쁜 척하지 않는' 개성이 되어 뭇 남성들의 마음을 훔친다.

영화는 말순이 잃어버린 사랑과 꿈이라는 두 가지를 돌려주려고 한다. 말순은 우연한 기회로 손자가 속한 밴드의 보컬로 활동하고 실력을 인정받는다. 밴드는 발랄하고 에너지 넘치는 말순의 합류로 인기가 치솟고 데뷔까지 하게 된다. '오빠'라고 불러보라는 젊은 남성들의 환호를 받고, 심지어 신분을 속인 상태에서 손자까지 말순에게 호감이 있어서 들이대고, PD와 썸을 타는 매일매일은 핑크빛이다. 말순은 점점 외양에 맞는 말투와 행동을 익혀가며 '정상적인' 20대 여자가 되어간다.

이후의 전개는 접어두고 다른 이야기를 해보자. 영화

초반, 아직 할머니인 말순은 젊은 시절 일했던 국밥집 딸과 재회한다. 여자는 말순이 국밥집의 비결을 빼돌려서 자기네 가게가 망했다며, 거둬준 은혜를 어떻게 그렇게 갚느냐고 악다구니를 퍼붓는다. 평생 잊을 수 없다는 여자를 보고 말순은 황망해하지만 이내 그것은 말순이 얼마나 힘들게 살았는지, 그럴 수밖에 없었는지 한탄하는 소재로 지나간다. 회춘 후 말순의 세계는 회춘 전만큼이나 단조롭고 밋밋하다. 연애하고, 남자들의 시선을 받고, 노래한다. 당장 시간을 되돌릴 수 있다면 우리가 하고 싶은 것은 더 젊고 탱탱해진 몸으로 실컷 남자의 사랑을 받는 일일까? 더 이상 남의 것을 훔쳐서라도 살아야 하는 상황이 아닐 때 돌아보게 될 자신의 과오, 병원에 실려 갈 만큼 감정적으로 학대한 며느리에 대한 태도 변화, 손자와 차별한 손녀(이제는 자신과 동년배인)에 대한 감정, 20대 여성의 몸으로 경험하는 현실에 대한 감회 등은 이 영화 속에서 전혀 드러나지 않는다.

〈수상한 그녀〉는 영화 초반이 암시하듯 철저히 '어릴

때에만 유지되는 여성성'이라는 개념을 전제로 여성의 인생과 회춘이라는 소재를 다룬다. 그러다 보니 '어머니'나 '여자친구'가 아닌 여성은 상상하지도, 재현하지도 못한다. 말순이 가수의 꿈을 이뤄가는 과정도 '어머니' 말순의 한 많던 과거를 극대화하는 장치이자 손자가 속한 밴드를 띄우고 싶은 '할머니'의 마음이 더 큰 동기인데 말이다(말순은 고집 센 손자와 PD의 사이의 갈등을 조율하고, 손자를 위해 무대에 선다).

할머니로 돌아온 말순은 PD가 준 머리핀을 꽂고 다닌다. 젊고 잘생긴 PD가 말순을 사랑하면서 말순은 '여성'으로서의 가치를 회복하고, 머리핀은 그 상징이며, 말순에게 회춘했을 때 가장 소중한 경험은 PD와의 연애 혹은 여성으로서 사랑 받은 기억인 것이다. 로맨스는 흥행에 중요한 요소이니 어쩔 수 없다며 까탈스러움을 좀 달래보려 해도 이 영화가 여성과 노인, 혹은 여성 노인을 바라보는 시선이 납작하고 빈약하다는 사실은 변하지 않는다.

여성의 수명은 30살에 끝나지 않으며 연애나 결혼과 상관없이 존재한다. 연애 시장에 나온 상품이 아니기 때문에 '상장 폐지'되지 않듯, 나이가 든다고 해서 '여성'이 아니게 되지 않는다. 사회가 규정해 놓은 허구적이고 환상적인 '여성성' 즉 '여성이면 으레 이래야 한다'라는 성별 규범만이 오직 20대 여성을 기준으로 세팅되어 있을 뿐이다. 심지어 20대 여성도 치열하게, 때로는 기형적으로 자신을 다그쳐야만 잠시나마 유지할 수 있는.

우리 사회가 어린 여성만을 선호하는 데에는 성적 대상화 외에 '세상 물정'이라는 말로 압축할 수 있는, 사회적 권력과 관련된 맥락도 관여한다. 어린 여성은 경제력이나 사회적 입지 같은 권력을 갖고 있기 어려우며 그래서 '만만'하다. 손쉽게 접근할 수 있고 착취할 수 있다. 어린 여자는 비싸거나 좋은 것을 알아보는 안목이 없으니 '가성비 여친'이라는 말이 부끄러운 줄도 모르고 퍼진다. 괜히 대학가에서 "새내기는 복학생을 조심하라"는 말이 떠도는 게 아니다.

그러나 이를 어쩌나? 그들의 망상과 달리 '나이든', 30살 이후의 삶은 오히려 편안하고 쾌적한 편이다. 무분별하게 연애 대상을 포획하려는 그물에서 벗어나면서 일상적인 위험이나 불편이 줄어들고 심리적으로도 안정되었다. 회사를 다니는 친구들은 이전보다 경제권이 생기고, 부당한 일에 어떻게 대응해야 할지 내공도 쌓는다. 어린 나이, 젊은 육체만 여자의 전부가 아니다. 나이든 여자는 여자도 아니고, 그래서 불행하며, 어린 것이 권력이라고 주입하는 세상에 명치가 있었으면 좋겠다. 세게 치게.

모 성 애 가
없 어 도

영화 〈케빈에 대하여〉

────────── 사람들은 좀 궁금해하는 것 같다. 도대체 '이런' 여자는 '어떤' 남자를 좋아하는지. '국내 최초 비연애 칼럼니스트'라는 MSG 듬뿍 친 타이틀로 첫 책을 낸 원죄로(물론 내가 지은 것이다! 뿌듯) 그런 질문을 더 많이 받는다. 아니, 사실은 뻥이다. 그냥 사람들은 상대가 누구든, 책을 냈든 말든 이상형과 관련된 질문을 너무너무 좋아할 뿐이다. 그리고 그 대답에 따른 진단과 분석을 좋아한다. 내가 몸집이 작고 수줍음을 많이 타는 남자를 좋아한다고 하면 갑자기 프로이트라도 빙의한 듯한 표정으로 말하는 것이다.

"의외로 모성애가 있으시군요."

⋯⋯?

분명히 연애와 관련된 대화인데 갑자기 모성애가 끼어든다. 하지만 이 연결은 구글에 '모성애를 자극하는 방법'이 자동 검색어가 뜰 정도로 보편적인 발상이기도 하다. 검색 결과는 여기서 말해줄 테니 군이 직접 해보고 눈과 비위를 버리지 않으면 좋겠다. 당연히 연애에서 '남자'가 여자를 유혹하려는 기술이다. 주로 돌봄을 요하는 약한 모습을 보이거나 외로워보이면 된다고. 하지만 그런 상대에게 느끼는 것은 연민과 배려 정도로 충분히 표현 가능한 감정이다. 일방적인 돌봄과 이해가 필요한 육아와 개인이 친밀성을 바탕으로 상호작용을 하는 연애는 완전히 다른 관계이다. 그런데 군이 여기에 모성애를 넣으면 징그러워지는 건 어쩔 수 없다. 개그우먼 박미선은 단호하게 "모성애 자극하는 남자는 만나지 마라"고 조언하기도 했다.

하지만 이런 기승전모성애 패턴은 피할 수 없다. 연하의 남자를 만나는 여성도, 아이를 좋아하는 여성도, 약한 존재를 보살피거나 배려하는 여성도 그 행동의 동기는 모성애란다. 세상에나 마상에나, 엄마가 되기 전부터 모성애를 내놓으라고 이렇게나 쥐어짜는 세상에서 진짜 출산을 경험한 여성들은 얼마나 더 으깨지고 갈리는지!

셰익스피어가 부릅니다, "여자는 약하지만 엄마는 강하다." 유태 격언 Say, "신은 도처에 가 있을 수 없기 때문에 어머니들을 만들었다." 공자왈 "아름다운 여성의 시기는 짧고, 훌륭한 어머니로서의 시기는 영원하다." 그리고 아리스토텔레스가 말하길 모성애가 부성애보다 깊은 이유는 여성이 자식을 낳을 때 고통을 겪기 때문에 아이를 절대적으로 자기 것으로 여기기 때문이라네요. 모성과 어머니에 대한 명언이 모두 임신과 출산, 양육을 해본 적 없고 할 가능성도 없는 남자들이 남겼다는 사실은 모성 신화의 핵심이기도 하다.

모성은 낭만화되고 절대화되며 타자화된다. 그리고 여성들은 당사자의 목소리와 경험과 서사가 빠진 채 만들어진 이상적인 모성애에 도달하고자 발버둥치고, 자신이 그 기준에 부합하거나 넘칠까 봐 두려워한다. 그러는 사이

또 어머니의 사랑이 눈물겹고 엄마가 불쌍하고 모성애는 숭고한 것이라 믿지만, 어머니 대신 설거지는 하지 않고 '맘충'이라는 혐오발언을 쓰는 사람들이 모성에 대한 콘텐츠를 엉망진창으로 만들어낸다.

모성애는 여성의 본성이자 특질이며, 그 어떤 것보다 강하다고 여겨졌다. 그리고 모성신화는 오랫동안 가부장제가 여성의 임신, 출산, 독박육아를 은폐하는 기제로 작용했다. 모성애만 있으면 엄마는 천하 무적이다. 일단 아이가 생기고, 낳으면 엄마로서의 본능이 각성한다. 알아서 고강도 육체적·정신적 노동인 육아를 척척 하고 힘든 줄도 모른다. 아이를 사랑하는 마음이 깊으니 그 어떤 희생과 고통도 마다하지 않는다. 그러니 굳이 그 일을 나눌 필요가 없다. 아빠들은 안전을 고려하지 않은 채 놀아주거나 아이를 방치하며 #아빠에게_아이를_맡기면_안되는_이유.jpg 같은 '유머' 자료나 생산해도 귀엽다고 사랑받을 수 있다. 부성애는 모성애보다 약하고, 자연스러운 것이 아니기 때문이다. 그렇다고 여겨졌다.

반면 육아를 즐기지 않거나, 고통이나 희생을 기꺼워하지 않는 여성들은 자신이 모성이 부족한 나쁜 엄마라며 괴로워한다. 아이를 돌보는 게 서툴면 "엄마 맞아?"라는 비난을 받고, 아이를 사랑하는 감정에 몰두하면 "아이에게 목 맨다"라며 유난스러운 엄마 취급을 받는다.

영화 〈케빈에 대하여〉는 개봉 당시 20대 중반이었던 나와 내 친구들을 충격과 공포의 도가니로 몰아넣었다. 자유로운 삶을 즐기던 여행가 에바가 예기치 못한 임신으로 케빈을 낳고, 육아 과정에서 아이에게 사랑을 느끼지 못한 채 심각한 내·외적 갈등을 겪는다. 그리고 결국 케빈이 가족과 학교 친구들을 활로 쏴죽이는 '사이코패스 연쇄살인마'가 되는 이야기는 가임 여성의 삶을 짓누르는 압력을 여러 층위로 건드린다.

나는 '이거 그냥… 에바가 재수가 없었던 것 아닐까? 뽑기를 잘못한 것 아닐까?' 케빈이 그냥 그렇게 태어난 괴물이고, 에바는 운이 나빴을 뿐이라는 해석으로 더 이상의 생각을 끊어버렸다. 그것이 영화에 대한 대표적인 오독이라는 것을 알면서도, 더 이상 들여다보고 싶지 않았다.

모성이 없는 여성이 있을 수 있다는 것, 그 사실은 가임 여성인 나에게는 숨통을 터주는 가능성이었다. 동시에 '그럼에도' 내 기질과 상관없이 내 몸에 아이가 생길 수 있음은 생생한 공포로 다가왔다. 린 램지 감독은 '내 아이가 안 좋은 아이로 태어날지도 모른다는 근원적 두려움'을 고백하기도 했다. 여기에 딸로서의 경험이 더해지자 '엄마가 나를 사랑하지 않는 여자'일 때 벌어질 끔찍한 상황들이 그려지면서 괴로움은 눈덩이처럼 불어났다.

에바는 케빈이 살인을 저지른 후 끝없이 과거를 복기한다. 케빈을 임신했을 때, 케빈을 기를 때, 케빈에게 한 말, 케빈에게 들었던 말, 사소한 모든 것이 모두 용의자로 줄줄이 회상의 저울에 오른다. 그러면서 에바는 뒤늦게나마 케빈을 이해하려 애쓴다. 케빈은 엄마를 사랑하지만, 엄마가 자신을 사랑하거나 원하지 않는다는 것을 알았다. 이 낙차를 따라가는 영화는 섣불리 케빈을 사이코패스로 규정하지도, 에바를 '가여운 아들을 적절하게 양육하지 못해 살인자로 키운' 엄마로 단죄하지도 않는다. 그리고 이 관계나 서사를 섣불리 '에바의 모성 각성'이나 '케빈의 참회'로 봉합하지도 않는다.

한국 최초의 여성 서양화 화가이자 작가인 나혜석은 1923년 잡지 동명 1월 호에 〈모胎된 감상기〉라는 글을 기고했다. 이 글에서 나혜석은 "아이는 엄마의 살점을 떼어가는 악마", "세인들은 항용, 모친의 애라는 것은 처음부터 모된 자 마음 속에 구비하여 있는 것같이 말하나 나는 도무지 그렇게 생각이 들지 않는다.(중략) 즉 경험과 시간을 경하여야만 있는 듯 싶다"라고 말하며 처음으로 여성의 사적 경험을 공론화한다. 당연히 난리가 난다. 해당 잡지에는 얼마 후 '백결생'이라는 익명의 이름으로 나혜석을 비판하는 글이 실린다. "임신이라는 것은 여성의 거룩한 천직이니 여성의 존귀가 여기 있"는데 나혜석은 그것을 죄악으로 여기니 '신여자의 자각'이 의심스럽다는 것이다. 여성이 임신과 출산과 육아의 경험을 말하는데, 그런 경험을 평생 할 일 없는 남성 작가가 '원리'와 '관념'의 차원에서 비판하며 훈계하다니. 아아, 100년 전에도 맨스플레인은 풍년이었던 것이다. 조선 남자… 줄여서 조남… 정말 주제파악 못하고 주접을 잘 떤다. 익명으로 낸 부분도 웃음 포인트이다.

모성애는 본능이 아니고, 모성의 특성이라고 여겼던 것들이 사실은 아이와 더 많은 시간을 보낸 결과일 뿐이라거나, 양육행위는 성별을 가리지 않고 뇌의 양육회로를 활성화한다는 등의 연구 결과가 1초만 검색해도 열 손가락을 꽉 채운다. 그런데도 아직까지 여성의 본능은 모성애이고, 모든 여성은 좋은 엄마가 될 수 있으며, 임신과 출산과 양육을 버거워하면 모성애가 부족한 자격미달의 엄마라고 생각한다면, 그것은 모성애라는 이름으로 여성을 착취하고 싶다는 고백일 뿐이다. 그렇게 모성애가 좋고 대단해보이면 일단 임신과 출산과 육아를 하는 여성을 배제하거나 멸시하지 않는 것부터 시작하자.

얼마 전 드라마 〈마더〉가 혈연 위주의 모성애, 선천적

인 모성애에 의문을 제기하고 연대와 공감에 기반한 모성에 대한 가능성을 제시하며 종영했다. 이에 대한 좋은 분석과 이야기들이 많으니 드라마도, 칼럼도 찾아보기를 추천한다. 이런 식으로 더 많은 모성과, 모성이 없는 여성과, 새로운 모성과, 모성만으로 포장할 수 없는 돌봄 노동에 대한 논의가 늘어나기를 기대해본다.

여리여리하지
않아도

영화 〈킹콩을 들다〉

──────── 어릴 때 나는 성장이 빠른 편이었다. 유치원 시절 찍은 사진을 보면 친구들보다 머리 하나는 더 높이 솟아 있어서 6세 개나리반을 잘못 찾은 의문의 7세 미아 같다. 아동복을 입을 나이에 아동복이 맞지 않을 뿐 아니라 어울리지도 않아서 내 손을 잡고 엄마가 매장 사이를 헤매던 기억도 선명하다. 나중에는 성장 그래프가 완만해지면서 보통 정도의 키로 마침표를 찍었지만, 먹성이 좋아 통통하기까지 했던 나는 항상 '좀 큰 아이'였다. 그래서 나는 어딘가 내 몸이 부끄럽고 부적절하다고 생각했다.

고등학생 때부터 매일 다이어트를 했다. 뚱뚱하지 않다는 주변의 말도 별 소용이 없었다. 나도 내가 뚱뚱하지는 않다는 것을 잘 알았지만 그것만으로는 부족했다. 날씬해야 했고 무엇보다 '여리여리'해야 했다. 하지만 나는 어깨가 '너무' 넓었고, 손도 발도 '보통 여자들'보다 컸다. 남자들과 손바닥을 맞대보면 비슷하거나 내가 더 컸고, 어깨는 항상 보세샵에서 산 티셔츠의 어깨선을 위풍당당하게 넘어갔다. 그런데도 끝없이 비슷한 옷들을 사들였다. 어쩌다 몸이 쑤셔 넣어지면, 그렇다, 입는 게 아니라 쑤셔 넣는다는 것이 더욱 적절한 조그만 옷에 들어가면 짧은 안도가 찾아왔다.

그런 식으로 퍼부은, 밑 빠진 독의 내 코 묻은 돈들을 생각하면 지금도 자다가 눈이 번쩍 떠지네, 부들부들. 혹독한 다이어트로 척추뼈가 다 보일 지경이 되어도 가장 작은 사이즈의 옷은 나를 뱉어냈다. 나는 엘사의 방문 앞에서 번번이 발길을 돌려야 했던 안나처럼 "오케이, 바이"를 외치는 수밖에 없었다. 내 몸은 어깨가 넓고 손발이 크고 종아리에 알통이 박혀 있었다. 그런 몸은 여리여리하지 않다. 여리여리하지 않은 몸에게 어울리는 옷도, 여

리여리하지 않은 몸도 멋지고 아름다울 수 있다는 사실
도, 굳이 멋지고 아름답지 않아도 된다는 것도 그때의 나
는 몰랐다. 대부분, 그럴 수밖에.

　인터넷 쇼핑몰은 커다란 옷을 팔면서도 '여리여리'한
핏이라고 광고한다. 그런 옷은 사이즈가 남는 것이 기본
이고 '정상'이다. 개그 프로그램에서 '우람'한 여자는 우
스꽝스러운 옷을 입고 나와 천덕꾸러기 취급을 받는다.
개그 프로그램이 비만 혐오를 적극적으로 조장하는 것과
같은 맥락이다.

　한때 개그 콘서트에는 전문적인 격투 훈련을 받은 듯한
근육질의 여성 코미디언이 출연했던 적이 있다. 그녀의
탄탄한 근육과 우수한 격파 실력에 관객은 경악하고, 결
국 "여자 맞아?"라는 반응으로 웃음을 유발하는 식이었
다. 길에서 받는 전단지들은 하나같이 그 종목의 운동이
다이어트에 좋다고 했다. 여성 잡지를 펼치면 어디에 주
사를 놔야 하는지 세세하게 알려준다. 승모근, 종아리, 사
각턱, 무릎… 불거지고 울퉁불퉁한 것은 무엇이든 여성의

몸에 있으면 안 되는 악의 축 같다. 걸그룹은 아동복을 입고 텔레비전에 나왔고 사진을 찍을 때 내 옆에 선 깡마른 여자는 자기 옆에 서면 비교되어서 아무도 안 오는데 날더러 용감하다고 웃었다. 누구누구가 44 사이즈라더라, 아니다, 누구는 33 사이즈 반이라더라…….

애프터스쿨 출신의 가수 유이가 수영으로 다져진 몸매로 (입에 담기 싫지만 '꿀벅지'라는 유행어가 생겼다) 인기를 끌면서, 이른바 '여리여리'한 몸매의 광풍은 한 풀 꺾였다. 이제 여리여리한 몸매는 트렌디하지 않으니, 박진영의 '어머님이 누구니'의 가사처럼(웩) 탄탄하고 건강한 몸을 가지라는 요구도 생겨났다. 그러나 이 요구에서도 선을 분명히 긋는다. "건강한 몸을 만드세요, 단, 우락부락하면 안 됩니다!"이 무슨… 모던하면서도 클래식하고, 심플하면서도 화려한 클라이언트의 요구 같은 헛소리죠?

영화 〈킹콩을 들다〉는 88 올림픽 동메달리스트이자 부상으로 운동을 그만두고 시골여중 역도부 코치로 내려온 이지봉(이범수 분)과 영자(조안 분)을 포함한 여자 역도부 선수들의 이야기이다. 스포츠 영화가 으레 그렇듯 마음의 상처가 있는 코치가 순박한 시골 소녀들과 '역도'라는 진정한 꿈을 찾아간다. 이지봉이 여자 역도부를 모집하며 하는 말.

"여자는 특히 우락부락해지고 얼굴도 험악해져서."

그는 여자 역도부에 별 관심이 없고, 그 말이 역도부에 지망하고 싶은 이들을 차단할 수 있다고 생각한다. 이지봉의 말을 듣고 어떤 부모들은 황급히 자리를 피한다. '역도'보다 '여자'에 방점이 찍히는 순간, '역도'라는 스포츠에 적합한 체형과 재능은 곧장 여자답지 않은 결점으로 치환된다. 역도는 여자답지 않은 스포츠이고, 그렇기 때문에 여자에게 권할 만한 운동이 아니다. 농사 등 힘 쓰는 일에 도가 튼 시골의 여중생이라는 설정이 아니라면 마이너 중에서도 마이너인 여자 역도부는 폐부 절차를 밟는 것이 오히려 자연스러웠을 것이다. 〈역도요정 김복주〉는 여자 역도선수가 비만 클리닉의 의사와 사랑에 빠져 다이어트를 한다는 말도 안 되는 초기 설정으로 욕을 먹고 스토리라인을 수정했다.

영화를 보는 내내 영화관에서는 뜬금없는 웃음이 터져 나왔다. 웃긴 장면이 아닌데도 관객들이 웃었다면, 딩동 댕. 당신의 예지력에 건배! 여자 역도선수들이 역기를 드 는 순간들이었다. 보통의 여성 배우들보다 몸집이 큰 인 물의, 힘을 쓰느라 일그러진 얼굴이 스크린을 채우면 여 기저기서 킥킥거리고 수군거렸다. 남자 역도선수였다면 어땠을까? 말해 뭐하나, 그 얼굴은 강렬한 인간 승리의 상징과 감동의 마스크로 남았을 것이다. 그 불쾌한 관람 의 경험은 내게 멀지 않은 과거의 기억을 환기시켰다.

2008년 역도선수 장미란이 베이징 올림픽에서 세계 신 기록을 수립하며 금메달을 따는 역사적인 장면이 저녁 뉴 스에서 중계될 때 나는 식당에 앉아 있었다. 역도에는 완 전히 문외한이지만 장미란 선수가 거둔 성과가 얼마나 대 단한지는 알았다. 입을 벌리고 그 장면을 보고 있는데, 모 두가 예상한 그 말이 내 귀를 때렸다.

"와, 저것도 여자냐?"

순간 내가 움츠러들었다. 장미란 선수에게 가해진 모욕이 대단히 저질스럽고 부당하다는 인식과 별개로 오랜 내 콤플렉스를 들킨 기분이 들었기 때문이다. 몸집이 크고 근육이 두드러지는 여자는, 설령 한국 여자 역도사를 새로 쓰는 세계 챔피언이라도 '여리여리'하지 않다는 이유로 부정당하고 후려쳐진다. 개인 역량과 상관없는 비난과 조롱 때문에 선수가 손톱만 한 영향이라도 받는다면, 설령 그런 하찮고 저열한 말에 상처 하나 낼 수 없을 만큼 단단한 영혼의 소유자라고 하더라도, 그 자체로 너무나 해롭고 억울한 일이라는 생각이 들었다. 왜 누군가는 자신의 일에 충실히 재능을 발휘하는 것만으로는 부족하고 불필요한 위험 부담까지 져야 하는 걸까. 지금 같으면 그런 말을 했던 사람을 깍두기로 담가서 같이 나온 국밥이랑 한 뚝배기 하셨을 텐데, 그때의 나는 참 물렁해도 너무 물렁했다.

나이가 들고, 페미니즘을 공부하고, 다양한 사이즈의 모델이 등장하는 《66100 매거진》이 창간되고, 무수한 감량과 요요를 반복하면서 결국 내 몸이 가장 편하게 느끼는 체중이 있다는 것을 실감하면서 '여리여리'를 향한 강박이나 갈망은 조금씩 느슨해졌다. 아무리 생각해도 여리여리해서 얻을 수 있는 것은 두 가지 정도인데 다 하찮았다. 여리여리해야만 여자 취급하는 몹쓸 인간들의 인정과, 별로 필요하지 않은 보호본능?

그 대신 이전에는 몰랐던 다양한 참고자료와 가능성을 찾아보는 일이 훨씬 재미있다. 단점이라고 생각했던 부분들을 장점으로 살리는 코디나, 나와 비슷한 체형의 멋진 모델, 지하철에서 내 자리를 침범하여 넘어오는 아저씨에게 있는 힘껏 버틸 때 빛을 발하는 어깨빵 재능……. 이제는 프리사이즈라는 옷이 터무니없이 작으면 내 몸을 원망하는 대신 "개똥같은 놈들이 만들라는 옷은 안 만들고 미니어처를 만들었다"라고 비난하며, 각선미 어쩌고 하는 소리에도 종아리의 힘을 약화시키는 종아리 보톡스 따위는 생각하지 않는다. 아무리 기성 사이즈의 부츠에 내 종아리가 들어가지 않는다고 해도 걷고 뛰는 내 다리의 기능이 더 중요하기 때문이다.

　물론 지금도 '죄책감 드는 맛'이라는 표현을 쓰고, 운동을 하면서도 이것이 미용을 위함인지 건강을 위해선지 100% 확신할 수 없다. 아직도 걸그룹은 갈비뼈가 다 드러나는 몸매여도 혹독한 다이어트를 해야 하고, 청소년들이 날씬해 보이려고 실제 사이즈보다 작은 신발을 신는다는 우울한 뉴스가 수시로 전파를 탄다. 청소노동자로부터 여자 화장실에 먹고 토한 흔적이 너무 많다는, 즉 거식증을 앓는 이들이 많다는 말을 들은 적도 있다. 이 문제는 사실 개인이 마음가짐을 바꾼다고 해서 뿅 해결되는 문제가 아니다. 당장 나만 해도 더 이상 감량에는 크게 연연하지 않더라도 긴장을 풀지 못한다. 몸집이 큰 여자에게 한국 사회는 너무나 가혹하고 상상 이상으로 비열하기 때문이다.

　그러나 포토샵으로 한껏 만들어낸 여리여리한 몸매는 내가 도달할 수 있는 영역이 아니며, 사람마다 타고난 체형이 있고 신진대사나 호르몬, 습관, 유전에 따라 각기 다른 몸을 가진다는 사실을 언제나 머릿속에 새기려 한다. 이 사기꾼들, 지금까지 잘도 약을 팔았겠다~!

얼마 전 한 친구는 주짓수로 다져진 근육을 뽐내며 20 대 꽃다운 나이에도 개저씨처럼 "한 번만 만져봐~!"라고 유난을 떨었는데, 그 울룩불룩한 알통이 친구의 건강과 자긍심을 지켜준다고 생각하니 되게 부럽고 좋아보였다. 아, 너무 게을러서 운동은 하기 싫고 근육은 갖고 싶고… 600g 정도 싸게 파실 분 구합니다. 010…….

여 자 여 자 하 지

않 아 도

정용화, 〈여자여자해〉

‭—————————‬ '여자여자해'라는 노래가 있다. 씨앤

블루의 보컬 정용화가 불렀고 로꼬가 피처링한 이 노래는

청자가 혹여 제목을 잊을까 걱정되는지 내내 "여자여자

해"라는 후크를 반복한다. 도대체 몇 번 나왔는지 세려다

가 포기해서 정확히는 모르는데 어쨌든 '여자'라는 단어

가 엄청 나온다. 제목과 가사를 처음 듣고, 뭐가 없었냐면

그게 없었다. 전 국민이 할 수 있는, 꼭 눈을 희번덕거리

고 공기를 반쯤 들이마시며 하는 대사. "어이가… 없네?"

그렇다, 어이가 없었다. '여자여자하다'는 형용사 기능

을 하는 신조어이자 유행어이다(당연히 '남자남자하다'라는 말

은 없다). 지금까지 수많은 대중가요 가사에서 'S라인'이나

'하얀 얼굴'처럼 관행적으로 묘사되던 것도 모자라, 이제

명명 자체를 사회가 규정한 '여성성'으로 치환해버리다니. '여자'='여성스러움'이 아니다. '여성스러움'을 몸에 익히고 수행하고 연기해야만 여자로 인정해주는 사회이지만 이 개념을 하나로 뭉개버려서는 안 된다. 사랑 노래에 필요한 모든 묘사나 찬미를 '여자여자해'라는 말 하나로 갈음할 수 있다는 것은 확실히 문제적이다.

'여자여자하다'라는 말은 '여성스럽다' 또는 '여자답다'의 변주로, 보통 사회적으로 '여성스럽다'라고 통용되는 이미지에 붙는다. 화장품 리뷰나 여성복 광고 등에서 자주 볼 수 있다. 핑크 계열의 색조나 리본, 레이스처럼 '여성스러움'을 상징하는 디자인이 '여자여자'한 아이템이다. 물론 행동도 '여자여자'할 수 있다. 굳이 설명하지 않아도 이 말의 뜻을 모르기는 힘들 것이다. 여성들은 평생에 걸쳐 '여자여자'하도록 훈육되고, 여성이 아닌 존재들은 '여자여자'하지 않음에 훈계할 권력을 가지니까. 평생 들어온 모든 "해야 해/하면 안 돼"는 이 '여자여자한가/아닌가'와 직결되어 있다. 순종적인, 나긋나긋한, 사근사근한, 얌전한, 부드러운, 상냥한, 가냘픈, 수줍음을 타는, 섬세한, 배려 깊은, 조신한, 애교 있는, 요리나 청소를 잘하는, 청순한… 내가 "의외로 여자여자하다"라는 말을 칭찬이랍시고 들었을 때를 떠올려본다. 과일을 예쁘게 깎았을 때, 작고 귀여운 것을 좋아할 때, 아기를 예뻐할 때…….

같은 맥락으로 일본에서는 '여자력'이라는 표현이 널리 쓰인다. 정말이지 극동 아시아 여성으로 산다는 것은 극한직업이네요. 요리를 잘 못하거나, 크게 소리 내어 웃거나, 재채기를 소리 내어 하거나, 심지어 다리를 벌리고 앉는 등 일반적으로 사회에서 '여성적'이라고 규정하는 기준을 충족하지 못하면 여자력이 낮은 것이 된다. '여자답지 않은' 여자는 여자력이 낮은, 함량미달의 여성이며 점수 매기는 놈은 따로 있다. 와우. 성별 이분법은 개인을 남자와 여자로 나누어 규정하는데서 그치지 않고, 얼마나 그 성별 '다운지'를 감별하고 위계를 매기고 교정하려 들며, 수치심을 주입한다.

곡에는 왜 상대를 '여자여자'하다고 생각했는지, 제목을 '여자여자해'로 지었는지, 뭐가 여자여자한지 추론할 수 있는 단서가 거의 없었다. 그런데도 이 노래를 듣는 사람들은 모두 이 노래가 어떤 여성을 '너'로 설정하는지 추론할 수 있다. 이미 너무 많은 정보가 '여자여자하다'라는 말 안에 꽉 차 있기 때문이다. 자신이 생각한 여성의 이미지를 채워 넣기만 하면 되는 빈칸이다. '아무거나'처럼 모호하고도 강력하다.

또한 "너만큼 여자여자한 여잔 못 찾아"라는 가사에서 이 노래의 '너'가 '가장 여자여자한' 여자라는 것을 알 수 있다. 상대가 최고라고 칭찬부터 하고 보는 사랑 노래의 공식에 비추어 보면 역시 '여자여자'하다는 것은 덕목이고, 다른 여자들과 겨루어 서열을 매길 수 있는 속성이다. "사실 여자여자한 여잘 찾던 게 아냐 그냥 너가 그렇다는 거야 이게 무슨 말인지 넌 알 거야"라는, '내가 개떡같이 말해도 너는 찰떡같이 알아달라'는 가사를 두고 혼신의 힘을 다해 추론하려고 했다. 하지만 이럴 때 쓰라고 영화

평론가 듀나는 이런 명언을 남겼나 보다.

"제가 왜 그래야 되는데요."

군이 알아줄 필요가 없는 것을 억지로 알고 이해하려 노력하지 말아야지. 걸그룹 f(x)의 멤버 엠버는 데뷔 초부터 보이시한 외모로 주목 받았다. 좋은 쪽으로든, 나쁜 쪽으로든. 엠버는 자신에게 쏟아지는 무수한 폭력들을 피하지 않고 맞받아친다. "가슴이 어디 있느냐"라며 엠버의 '여성성'을 조롱하고 문제 삼는 성희롱에 〈WHERE IS MY CHEST?(Responding to Hate Comments)〉라는 재치 넘치는 영상을 찍어 올렸다. 영상에서 엠버는 "어린 남자가 어떻게 걸그룹에 들어갔냐"라며 자신이 '여성'임을 부정하는 코멘트에 "머리를 짧게 자르면 된다, 멤버들에게 밥을 사주면 된다, 걸그룹에 있는 어린 남자는 나여야만 한다"라고 대꾸하고, "문신한 여자는 피해라"라는 코멘트를 읽고 "넌 날 피해야 돼"라고 하며 친구와 과장된 이별 연기를 펼친다. "얇은 다리, 긴 머리면 더 여성스럽고 더 순수하게 보일 것 같다"라는 코멘트에는 '긴 다리와 긴 머

'리'를 가진 남자를 찾아가 조언을 구하는 식이다.

엠버는 "너는 언제 여자처럼 할 거냐"라는 질문에 "나는 여자다, 여자는 원하는 대로 사는 거다, 이런 거 이제 좀 그만하자"라고 말했다. 행동과 외양이 여성성의 규범에 맞지 않는다는 이유로 정체성을 부정하는 폭력은, 정도의 차이만 있을 뿐 여성으로 사는 이상 피할 수 없이 마주친다.

모난 돌이 정 맞는 세상에서 너무 튀지 않으려고 적당히 장단을 맞춰보지만, '여자여자해'라는 요구는 끝이 없다. 때로는 타협하고 때로는 저항하고 때로는 욕망하고 때로는 좌절하는 매일매일. 모호하고 광범위한 말을 던져놓고는 여성이 알아서 맞추기를, 즉 알아서 '기길' 바라는 사회에서는 누구도 기준치에 도달할 수 없다. 머리를 기르고 치마를 입어도 '더' 가느다란 다리를 '더' 오므리고 앉으라는 퀘스트가 기다리고 있을 뿐이다. 여자여자 같은 소리 하고 있네, 가서 할리갈리나 해라.

순결하지
않아도

드라마 〈루머의 루머의 루머〉

연애하지 않을 자유를 이야기하며 독립잡지 〈계간홀로〉를 펴낸 나는 가끔 나의 '처녀성'에 대한 호기심으로 눈이 시뻘겋게 달아오른 메시지나 메일을 받았다. 연애 경험이 없는 것을 내세울 때의 일이다. 연애 경험을 소재로 글을 쓰는 여자 작가들 역시 비슷한 일들을 당한다. 남자 작가의 세계에서는 벌어지지 않을 기이한 모욕과 추측과 질척한 호기심. 그러니 이 이야기는 해야겠다. '순결'에 대해서.

네? 순결이요? 고조선도 아니고 무려 2018년에?! 이렇게 그 자체로 시대착오적으로 보이는 개념들은, 그러나 과거부터 지금까지 사회와 사람들의 인식 전반을 장악하고 구조에 기여하고 있다. '지금' 이야기하기에는 너무 고리타분하다는 느낌이 바로 현재 시점에서 이의를 제기하고 논의하기를 가로막는다. 순결의 사전적 의미는 '잡된 것이 섞이지 아니하고 깨끗하다', '마음에 사욕이나 사념 따위와 같은 더러움이 없이 깨끗하다', '이성과의 육체 관계가 아직 없다'이고 마지막이 압도적으로 쓰인다. 순결은 성별화된 가치이고 언제나 여성에게만 배당된다. 그리고 '잃거나', '빼앗거나', '지키는' 구도로만 작동한다.

순결 이데올로기는 페미니즘이 파고들어온 중요한 담론 중 하나이고, 이미 해당 주제의 빼어난 글이나 책들이 득실득실하다. 무슨 말을 어떻게 하듯 어디서 들어본 이야기처럼 들릴 것이다. 그래서 순결이라는 말은 올드해 보인다. 현실은 광고에서 '스무 살의 피임약'이라는 카피를 달고 데이트하는 여성이 나오고, 연애상담 프로그램에서는 사귀기도 전에 섹스하는 사람들의 사연을 스스럼없이 내보내며, 혼전순결이라는 단어를 농담으로 소비하니까.

내가 중학생일 때 이미 청소년들은 학교에서 진행하는

순결 서약식을 비웃고 조롱했다. 여성의 가치를 순결에서 찾는 시대는 지났고, 성해방은 이미 이루어졌으며, 섹스는 정말 좋은 것이라고 외치는 목소리들이 봄바람 휘날리는 거리에 울려퍼지는 흐어어어처럼 만발한다. 이제 남은 일은 마음껏 성적 자유를 누리는 일뿐인 것 같다.

정말 그럴까? 우리는 방금 비슷한 타이밍에 픽, 콧방귀를 뀌었다. 여성으로 태어나거나, 여성으로 지정되어 여성으로 길러진 사람이라면 모를 수 없기 때문이다. 누군가는 여성상위시대라고 주장하는 2018년에, 여성은 여전히 순결의, 순결에 의한, 순결을 위한 존재라는 사실을. 여기서도 여성은 기준 미달이거나 규격 초과의 심판을 받는다. 현대 여성이라면 성적으로 개방적이어야 하지만 그렇다고 '너무' 개방되어 있으면 문제가 된다. 이는 여성이 언제, 어떻게, 얼마나 개방되어야 하는지를 여성이 스스로 결정할 수 없고 결정해서도 안된다는 의미이다. 굉장히 기만적이다. '내'가 원할 때는 '줘야' 하지만 스스로 원하거나 남에게 '도' '주는' 여자는 순결하지 않은, 더러운,

문란한, 너무 쉬운, 싼, '걸레'가 된다. 그리고 여성의 성적 순결 여부를 공격하거나 문제시하는 방식은 아직도 위력적이다.

넷플릭스 오리지널 드라마 〈루머의 루머의 루머〉는 현재 시즌 2까지 나왔다. 첫 화에서 주인공 해나는 이미 자살한 상태이다. 함께 아르바이트를 했던 클레이는 해나가 남긴 13개의 카세트 테이프를 받는다. 해나는 죽기 전 녹음한 테이프에서 자신의 친구들을 하나하나 호명하며, 그것을 끝까지 들으라고 요구한다. 테이프마다 그것을 받은 친구들이 해나에게 가했던 폭력들이 드러난다. 큰 줄거리가 해나의 죽음의 원인을 규명하는 가운데, 학교폭력, 온라인 폭력, 가정학대, 청소년 퀴어, 인종차별 등 다양한 소재와 사회적 문제가 중첩되는 형식이다.

해나는 전학 와서 처음 사귄 저스틴에게 찍힌 사진이 인터넷에 퍼지면서 심각한 괴롭힘을 당한다. 미끄럼틀을 타다가 팬티가 보이는 사진을 찍히고 키스를 했을 뿐이지만 이미 학교의 남학생들은 그들이 놀이터에서 섹스했다고 믿는다. 모두가 친해지고 싶어 하는, 예쁘고 매력적이었던 해나는 순식간에 '걸레', '창녀'로 전락한다. 남학생들은 '가장 멋진 입술', '가장 멋진 엉덩이', '최악의 엉덩이' 등의 이름을 붙여 여학생들을 품평하는 리스트를 만들고, '가장 멋진 엉덩이'에 선정된 해나는 성폭력의 타깃이 된다. 해나는 어차피 '헤프니까' 만져도 되고, 이미 내 친구와도 잤기 때문에 '나도' 해도 되는 여자이다. 이후 저스틴의 친구들이 차례대로 해나에게 접근한다.

괴롭힘은 해나에게만 국한되지 않는다. 해나의 친구인 제시카는 학교의 치어리더로 인기 많은 여학생이지만 남자친구와의 잠자리를 거부하는 바람에 '최악의 엉덩이'에 이름을 올린다. 그리고 이 수모 역시 고스란히 제시카의 몫이다. 이후 제시카는 해나가 당하는 괴롭힘을 방관하지만, 남자친구의 친구에게 강간당하고 만다. 아시안계 여성으로 레즈비언인 코트니는 해나와 스킨십을 하다 누드 사진이 찍혀 유포되자 자신의 정체가 밝혀질까봐 '어차피' 헤프다고 소문난 해나에게 뒤집어씌운다. 해나와 제시카, 코트니는 모두 학교에서 인기 많은 여학생이지만 그 위태로운 줄타기는 성적 순결이 문제시되는 순간 나락으로 떨어진다.

여성을 '성녀/창녀'로 이분화하여 섹슈얼리티에 위계를 부여하는 여성혐오는 더욱 교묘하고 복잡해졌다. '하지 않을 자유' 없이 '할 자유', 실질적으로는 '해야 한다는 강요'만이 억센 현실에서 완전히 성경험이 없기는 불가능하니 그 횟수를 조정하거나 감추어야 한다. 섹시해야 하지만 '너무' 욕망에 충실하면 안 되고, 순결해야 하지만 '너무' 아는 게 없으면 매력 없으며 번거로우니 그 중간쯤 어딘가에 알아서 자리잡아야만 한다. "낮에는 현모양처, 밤에는 요부"는 남성이 자신의 필요에 따라 여성이 '성녀'와 '창녀'의 자리를 오가기를 바라는 욕망의 반영이다. 그리고 이 때문에 생기는 모든 위험은 여성이 짊어져야 한다. 저스틴은 해나와 밤에 외딴 곳에서 만나고 키스를 요구한다. 이는 자유로운 연애의 한 순간이다. 그러나 그 키스와, 밤에 놀이터에서 만난 사실 때문에 해나가 고통

받을 때는 방관한다.

　순결은 여성들을 통제하는 일상적 요구와 모든 금기에 밀접하게 연루되어 있다. 이는 여성의 몸을 오염될 수 있는 것으로 영토화하고, 갖가지 위협으로부터 부지런히 방어하도록 유도한다. 흰 피부와 털이나 각질, 주름이 없는 깨끗하고 아름다운 신체, 하얀색과 적당한 길이(그러나 가슴골은 보일락말락해야 한다)의 의복, 핑크색 유두나 음핵, 색이 과하지 않은 혹은 짧은 손톱, 외부로부터 주어지는 성적 쾌락을 낯설어하고 두려워하는 반응 등은 순결한 여자의 코드이다. 문신을 하거나, 태닝을 하거나, 담배를 피우거나, 술을 많이 마시거나, 피어싱을 하거나, 화려한 네일아트를 하거나, 노출이 많은 옷을 입거나, 음핵의 색이 짙거나, 피임 기구를 몸속에 삽입했거나, 낙태 경험이 있거나, 외국 거주 경험이 있거나, 혼자 사는 것 등은 모두 '노는 여자', 순결하지 못한 몸이다. 가부장제는 이러한 신체나 행위를 훼손되거나 오염된 것으로 분류하고 처벌한다. 그리고 이 일련의 과정들은 여자아이들이 어릴 때부터 강력한 시그널을 보낸다. "창녀 같다", "싸보인다"라는 말이 교육과 훈육이랍시고 쏟아지고, '그런 여자'가 아님을 입증하라거나 '그렇게' 보일 것을 두려워하도록 만든다.

사실상 여자에게 순결은 일종의 시민권이다. 1970년대처럼 법원이 '이왕 버린 몸'이라며 피해자에게 강간범과의 결혼을 강요하지 않지만, 여전히 '버린 몸'으로 표상되는 여성들은 법과 사회의 보호로부터 배제된다. 페미니즘 스터디에서 만났던 활동가에게, 성폭력 피해자들을 지원하고 연대하는 과정에 대해서 들었다. 경찰서에 들어가기 전에 자신이 먼저 피해자들의 옷차림과 화장을 검사하고, 장신구를 빼거나 입술을 지우자고 제안한다는 것이다. 미리 수수한 옷을 입고 맨얼굴로 오라고 언질을 주기도 한다. 치사하고 더럽지만, '그래야만' 비교적 경찰들의 협조를 구하기 쉽다고. 수많은 범죄 피해자들 중 오직 성범죄 피해를 입은 여성들만이 순결의 순도를 증명해야 한다. 성범죄가 깨끗한 몸에 처음 난 '흠집'이고 그로 인한 상품가치가 떨어졌음이 입증되어야만 피해를 인정 받는다. 해나 역시 학교의 상담교사에게 성폭력 피해 사실을 말하지만 적절한 도움을 받지 못한다.

최종적으로는 '육체가 타락'하더라도 '마음'만은 고귀한, 이른바 '정신적 순결'에 집착한다. 그것은 육체와 대비되는 맑고 순수한 영혼이나, 한 사람에게만 '진짜 마음'을 허락하는 지조로 발현되기도 한다. 영화 〈귀여운 여인〉에서 줄리아 로버츠는 거리에서 성을 팔아 살아가지만, 아이 같은 천진난만함으로 리차드 기어를 사로잡는다. 〈춘희〉에서 마르그리트는 자신의 신분 때문에 사랑을 포기하지만, 오직 한 남자를 향한 순정을 간직한 채 폐렴으로 쓸쓸하게 죽는다. 남자 예술가들의 작품에는 이렇듯 '알고 보니 성녀인 창녀'가 반복적으로 등장한다.

이것은 개인의 성도덕이나 행실로 가치를 판단하기보다 본질을 봐야 한다는 윤리적 성찰이 저언혀 아니다. 오히려 "남들은 더럽다고 손가락질하지만, 나만은 너의 순수함을 알아본다"라는 시혜적인 시선을 기반으로 한다. 그래서 그 정신적 순결함의 수준은 알고 보니 가족을 부양하는 안쓰러움, 알고 보니 가난하고 별볼일 없는 한 남자만을 사랑하는 지고지순함, 알고 보니 정이 많고 여린… 수준을 벗어나지 못한다. 정신적으로라도 순결해야 하는 이유는? 정신적 순결을 판별하고 평가하는 기준은? 그 기준에 부합하지 않는 여자는 비난해도 되나? 놀고 있다 진짜.

순결하거나 순결하지 않거나, '그런' 여자거나 '그런 여자'가 아니거나는 하나도 중요하지 않다. 누구에게도 순결을 평가하고 판단할 권력은 없다. 누구도 순결을 기준으로 부당한 대우를 당하거나 비난 받아서는 안 된다. 영화 〈소공녀〉에서 주인공 미소는 "내가 헤퍼서 벌 받나 봐요"라고 우는 여자에게 외친다. "헤픈 게 어때서요!" 맞다. 헤프면 어떤가? 헤프지 않다는 항변보다 중요한 건, 헤프고 말고를 결정하는 권력과 그 말에 담긴 도덕적 가치판단을 박살내는 일이다.

						우	아	하	지
						않	아	도	

영화 〈미쓰 홍당무〉

——————————— 여자는 감정적이고 남자는 이성적이

라는, 오래된 데다 새빨갛기까지 한 거짓말. 남자가 그토

록 이성적이라면 왜 홧김에 애인을 죽이는 것은 언제나

남자일까? 어째서 분위기를 망치지 않기 위해 자신의 불

쾌한 감정을 억누르고 웃어야 하는 쪽은 여자일까? 여자

는 감정적이라는 편견과, 그래서 여자의 감정 표현을 부

정적으로 보고 통제하거나 멸시하는 관행은 사이좋게 손

을 잡고 다닌다.

　여자의 무기는 눈물이라는 말 때문에, 감정이 북받칠 때

조차 눈물에 솔직해질 수 없다. 내 눈물이 여자의 나약함

을 입증할까 봐, 눈물로 무마하려고 한다는 오해를 받을까

봐. 남자가 울면 안 된다는 맨박스 때문에 남자의 눈물도

금기시된다지만, 바로 그 덕분에 남자의 눈물은 진정성을 보증하는 수표가 된다. 또한 여자아이는 어릴 때부터 부정적인 감정을 표출할 때 "예쁘게 말해보세요"라는 벽에 부딪치며 자란다. 적당히 자신의 감정을 컨트롤하며, '숭허지 않게' 자신의 모습을 관리해야 한다고 배운다.

'하이힐 싸움'은 테이블 위로는 화기애애하면서 테이블 밑으로는 서로를 짓밟는 살벌한 상황을 표현하는 말이다. 물리적 싸움보다는 기싸움에 더 어울리는 이 표현은 '앞과 뒤가 다른' 태도를 조롱할 때 쓰이기도 한다. '백조의 발버둥'도 비슷한 맥락으로 볼 수 있다. 우아하고 고상하게 물 위를 떠다니지만 물 밑에선 누구보다 치열하게 파닥거리는 백조. '안 보이는 곳에서 하는 노력'이나 '우아한 척하는 가식'으로 각각 해석된다. 밑에서는 하이힐로 찍히고 발이 빠지게 물장구를 치더라도, 남들에게 보이는 허리 위로는 티를 내지 않으며 고아한 자태를 유지할 것.

여기서 질문! 혹시 우아한 아저씨를 본 적 있는지? 아니면 우아한 아빠, 우아한 왕자, 우아한 남자친구? 우아함은 성별화된 가치이다. 초연함과 인내가 필요한 우아는 아저씨나 남자들의 몫이 아니다. 그들은 그저 발산하고 표현하고 행동하면 된다. 아무도 그 분노나 고통, 부당함에 대한 문제 제기를 막지 않는다. 학교에서 모욕을 당했을 때 남학생들은 곧장 덤벼들어 주먹을 날리거나 욕을 퍼붓는다. 여학생은 그럴 수 없다. 아이스께끼라는 이름의 성희롱이나 브래지어 끈을 당겼다 놓는 성추행을 당해도 화를 내거나 똑같이 돌려주거나 분노를 표현해서는 안 된다. 왈가닥, 선머슴, '조폭 마누라'는 자라면서 교정되어야 하는 기질이다. 분노하거나 볼썽사납게 굴지 않도록 우아함이 동원된다. 우아함은 부적절하고 열등한 감정을 억누르고, 당면한 문제를 개인의 차원에서 삭히도록 유도하는 마취제 같다.

　예의 바른, 교양 있는, 품위 있는 같은 표현으로도 대체 가능한 이 미덕은 아가씨 혹은 숙녀의 자질이다. 화가 나면 곧바로 혈압이 오르고 눈물이 쏟아지거나, 랩 배틀이라도 나간 양 속사포를 쏟아내는 나에게는 영원히 불가능한 우아함의 면사포.

영화 〈미쓰 홍당무〉에서 공효진이 연기한 양미숙은 당황하면 바로 얼굴이 빨개지는 안면 홍조증에, 부정적인 감정이나 못생긴 표정을 감추지 않고 드러내는 '기괴한' 여자이다. 공효진이 영화에서 이상한 여자 취급을 받는 것은 그녀가 우아하지 않은데, 우아하려는 노력조차 하지 않기 때문이다. 아니 노력은 하는데 번번이 빗나갈 뿐이기도…….

물론 공효진의 이 이상한 행동에는 10년 전 스승이었던 남교사를 짝사랑하며, 상대로부터 '사랑 받고 싶어서' 하는 별의별 짓도 들어간다. 사랑 받고 싶은 욕망과 남교사에 대한 사랑은 그러나 캐릭터의 정체성과 자존감을 풀어내는 장치 중 하나일 뿐이다. 감독은 '여태까지 한 번도 보여준 적 없는 새로운 캐릭터, 비호감인데 영화가 끝나면 매력적으로 어필할 수 있는' 여자 캐릭터를 만들고 싶었다고 한다. 이 영화에서 공효진은 언제든 소리를 지르고, 못생겨 보이는 표정을 감추지 않으며, 우스꽝스러운 자세로 달린다. 그리고 외친다.

"그래, 나도 알아! 내가 별로라는 거!"

괜찮은 척하지 않고, 자신이 느끼는 부정적인 감정을 받아들이고 발산한다. 그리고 기어이 자신의 콤플렉스와 마주한다. 그건 정말 혹독하고 고통스럽지만 후련하기도 한 경험이다. 2018년 4월 개봉한 영화 〈레이디 버드〉도 이러한 여성의 성장 서사이니 꼭꼭 봐주시라.

중학교 때의 일이다. 내 앞에 앉아 있던 남학생이 난데없이 나를 돌아보더니 쌍욕을 퍼붓기 시작했다. 나는 성차별적인 발언을 했던 교사를 욕하고 있었고, (나중에 듣기로) 그는 그 교사를 좋아하고 따랐다고 한다. 그 남학생은 나보다 한 살이 많았고, 주변의 시선이 집중되었다. 갈비뼈가 떨렸지만 고개를 숙이거나 어깨를 움츠리지 않기 위해 애를 썼다. 표정을 일그러뜨리지 않으려고 노력하며, 나는 그 욕을 조용히 견뎠다. 울거나 소리 지르거나 불쾌함을 드러내면 추하고 볼썽사나워질까 봐 무서웠다. 내가 하는 말보다 일그러진 내 얼굴과 떨리는 목소리를 비웃을 테니까. 네가 뭐라고 하든, 나는 신경 쓰지 않는 다는 양 그렇게 내 감정을 억누르고 태연한 척 했다. 공효진이 연기한 양미숙처럼 새빨간 얼굴을 일그러뜨리며 소리라도 질러봤으면 이렇게 오래 떠올리지 않았을지도 모르는 기억.

　사실은, 울고불고 소리 지르고 싸우고 싶었다. 개자식아 네가 뭔데 나한테 욕을 퍼부어, 하고 억울함을 토로하고 선생님에게 도움을 요청하고 싶었다. 내가 도움을 요청했을 때 인솔 교사가 나를 보호하고, 그와 나를 분리하고, 시시비비를 가려 그에게 자신이 한 잘못을 알려줄 거라는 확신이 있다면 그랬을 것이다. 그러나 나는 그러지 못했다. 이기지 못하고, 교사는 내 편을 들어주지 않을 것이고, 내가 울거나 화를 내면 그 반응이 다시 웃음거리가 될 게 뻔하니까. 그때 나는 아무것도 할 수 없었기 때문에 내 존엄을 지키는 방식으로 우아한 태도를 가장했다. 한편으로는 통제와 관리의 목적으로 주입되는 우아함에 발목을 잡혀 꼼짝없이 당해버린 것이기도 하다. 이 두 가지는 계란의 노른자와 흰자처럼 간단하게 분리할 수 있는 성질이 아니다. 일상에서 반복되는 딜레마이다.

　선물을 주었는데 받지 않으면 그 선물은 준 사람의 것이 되니까, 욕이나 모욕을 들으면 받지 말라는 격언이 있다. 이런 마음가짐은 우아함의 문법이기도 하다. 하지만 폭력은 선물처럼 건네는 것이 아니라 투척하는 것이다. 머리부터 발끝까지 뒤집어씌운다. "너는 나에게 상처를 줄 수 없다"라는 메시지를 전달하고자 꼿꼿하게 앉아 표정을 흐트러뜨리지 않는 동안에도 내 마음은 쪼개지고 다쳤다. 소란을 일으키지 않도록 견디고 '괜찮은 척'하는 것은 언제나 약자의 몫이다.

　"받지 마라"가 아니라 "주지 마라"가 되어야 하고, '어떻게 받을지'를 가르치는 게 아니라 '어떻게 하면 주지 않을지' 가르쳐야 하는 이유이다. 나는 우아하고 싶지 않다. 여자에게는 우아하지 않아도 되는 권리가 필요하다. 부당한 일을 겪지 않아도 되고, 겪었을 때는 흉해 보일까 봐 걱정하지 않고 대응할 수 있는 자유를 원한다.

싹 싹 하 지

않 아 도

드라마 ⟨이번 생은 처음이라⟩

———————— 레버로 화력을 조절하는 가스레인지처럼, 사람도 자신의 텐션과 에너지를 조율한다. 목소리 톤의 높낮이, 미소의 정도(입만 웃는가? 눈만 웃는가? 입과 눈이 같이 웃는가? 광대가 솟았는가?), 리액션의 범위 등이 화력의 기준이다. 업무상 중요한 사람이나, 잘 보여야 되는 관계자를 대할 때, 호감을 사고 싶은 인물 앞에서 그 레버를 끝까지 돌리면 최대 화력이 출력된다. 가라! 불꽃여자! 물론 이 화력의 최대/최소 온도에는 개인차가 있다. 어느 정도를 평균치로 유지하는지도 천차만별이다.

나는 사람들과 있을 때 이 레버를 조금 높은 온도에 맞춰 놓는다. 1차적 이유는 내 말투에 묻어나는 경상도 억양과 웃지 않으면 화난 듯한 인상 때문이다. 조금만 긴장을 늦추면 무뚝뚝하고 공격적인 뉘앙스를 풍기거나 "와, 눈깔 봐"라는 반응을 끌어낼 수 있다. 하지만 사실 진짜 이유는 내가 여자이기 때문이다. 남자였다면 나의 말투와 표정은 카리스마 있는 장점이 될테고 '싹싹함'을 연기할 필요도 없었을 것이다. 이건 나만의 특별한 습관이 아니다. 대부분의 여자들이 '자신이 편한' 온도보다 좀 더 높은 텐션을 유지하도록, 즉 싹싹함 모드가 ON되어 있도록 자신의 레버를 돌려놓는다.

'싹싹하다'는 '눈치가 빠르고 사근사근'하다는 뜻이다. 상냥한 말투와 아주 작은 시그널에도 즉각 반응하는 센스를 갖추어야 한다. 어릴 때 임성한 드라마에서 여자에게 '싹싹하다'라고 칭찬하는 것을 보고 그 단어와 태도를 처음 접했다. 어떤 게 싹싹한 행동일까? '며느리'라는 캐릭터에 그 답이 있었다. 어느 드라마든지 며느리들은 싹싹했다. 그렇지 않은 며느리는 악역이거나 문제 인물이었다. 구박덩어리에 눈칫밥이었다. 그런 취급을 받고 싶은 사람은 아무도 없다.

나는 필살기를 연마하는 소년만화의 주인공처럼 싹싹하려고 노력했다. '좋은 며느리'인 엄마와 큰외숙모가 실전 교본이 되었다. 나는 어른들에게 먼저 말을 붙이고, 누가 밥상에서 기침 한 번만 해도 물을 뜨러 튀어나가고, 놀러간 집에서도 부엌을 서성이며 도울 것이 없는지 물었다. 누군가 나를 "싹싹하다"라고 칭찬하면, 낯선 사람에게 그 평가를 입증하려고 애썼다. 경험에 따라 계기는 다르겠지만, 싹싹함을 내재화한 여자들은 어느 정도 비슷한 과정을 밟았을 것이다.

한국 사회가 싹싹한 여자를 얼마나 사랑하는지는 〈꽃보다 할배〉, 〈삼시세끼〉, 〈윤식당〉 같은 나영석 PD의 예능에서 선명하게 드러난다. 써니, 최지우, 정유미 같은 여자 연예인들은 태생이든, 사회생활을 위해 잔뜩 당긴 레버이든 밝은 에너지와 재빠른(혹은 센스 있는) 반응으로 현장의 활력을 더하고 시청자들의 호감을 산다. '할배'들은 미소 짓고, 의견 차이로 실랑이하던 남자들은 슬그머니 풀어지며, 다소 서툰 식당 운영은 힘을 내는 식이다. 싹싹함은 귀하고 긍정적인 에너지이고, 반박의 여지없이 매력적이다. 그러나 이러한 배치와 소비가 찜찜한 까닭은 싹싹함이 어디까지나 개인의 개성일 수만은 없기 때문이다.

싹싹하지 않은, 즉 출연자들의 기분과 감정을 부지런히 케어하고 분위기를 밝게 만들며 '알아서' 움직이지 않는 여자 연예인들은 여론의 뭇매를 맞는다. 스텝들에게 손 편지와 직접 만든 쿠키 같은 것을 전달한 미담의 주인공은 언제나 여자 연예인이다. 싹싹한 남자 연예인은 방송에서 씨가 말랐다. 싹싹하기는커녕 마이웨이와 철없음을 한껏 만끽한다. 〈백년손님〉에서 장모가 일하는 사이 방에 누워 있는 것이 사위가 아닌 며느리였다면? 생각만 해도 끔찍하다.

'여우 같은 여자와 곰 같은 여자'라는 대조는 이러한 인식을 잘 드러낸다. 여자는 애교와 싹싹함에 따라 곰과 여우로 나뉜다. 하지만 가장 바람직하고 이상적인 여자는 곰과 여우의 중간 단계 그 어드메에 있다. 싹싹한 여우 같으면 좋지만 '너무' 싹싹하면 붙여시 소리를 들으니까 '적당히', 여우 같지만 여우는 아닌 느낌으로, 혹은 내면은 곰처럼 진실되고 겉은 여우처럼 싹싹한… 이 미묘한 압박 뭔지 알죠? 이런 상황에서 싹싹한 여자들을 '~블리'라고 부르며 '기특'해하는 것은 기만이라는 생각까지 든다.

싹싹함에서 중요한 요소인 '눈치가 빠르다'는 결국 '눈치를 잘 본다'라는 의미이기도 하다. 사랑 받을 만하게 군다는 뜻이다. 싹싹함은 명백히 권력 관계가 개입한 성질이고, 여기에는 보상과 응징이 따른다. 직장 상사 앞에서는 남자들도 얼마든지 싹싹해질 수 있다. 그러나 오로지 여자들만이, '사회생활의 더러움' 범주 바깥에서도 싹싹함의 올가미에 매인다.

내가 며느리들의 언행에서 싹싹함의 A to Z를 배웠다는 사실은 많은 것을 시사한다. tvN에서 방영했던 드라마 〈이번 생은 처음이라〉에서 지호(정소민 분)의 엄마는 상견례 자리에서 지호의 예비 시어머니가 "딸이 요즘 애들 같지 않게 순하고 싹싹하다"라고 칭찬하자 "그냥 요즘 애들하고 똑같다"라며 정색한다. 분위기는 어색해지고 지호는 엄마에게 화를 낸다. 그러자 엄마는 말한다. "니 순하다, 싹싹하다 그기 다 칭찬인 줄 아나? 그기 다 시부모 말잘 듣고 찍소리하지 마라 그 뜻이다 아이가." 오랫동안 엄마이자 아내, 며느리로서 살아온 여자는 싹싹해야 본전인며느리의 입지를 잘 알고 있었다.

나이토 요시히토의 책 《말투 하나 바꿨을 뿐인데 : 일, 사랑, 관계가 술술 풀리는 40가지 심리기술》은 상대의 기분이 상하지 않게 전략적으로 대화하는 방법을 가르치는 자기계발서이다. 이 중 한 파트에서 저자는 '남자는 여자에게 지는 것을 싫어하고' '직접적으로 지적하면 불쾌해하기 때문에' 상냥하게 돌려 말하는 법을 알려준다. 남자독자에게 여자의 기분을 상하지 않도록 말하는 법은, 당연히 없다. 어쩌면 저자도 그 방법을 모르는 것 같다. 그러니까 용기 있게 이런 내용을 책으로 써서 냈겠지?

싹싹하다는 것은 많은 에너지를 필요로 하는 태도이다. 그리고 사람마다 기질이나 화력, 레버를 다루는 방식이 다르다. 나는 그럭저럭 싹싹하게 굴 수 있지만, 이는 내가 어느 정도 밝은 성격을 타고났기에 가능했다. 누군가는 그런 노력 없이도 선천적으로 싹싹하고, 누군가는 피 나는 노력을 해도 사회가 요구하는 수준의 싹싹함에 도달하기 어려울 수 있다. 또 누군가는 싹싹해지려는 노력 자체 자체를 거부하거나, 싹싹한 사람을 부담스러워 하거나, 상대에 따라 달라지기도 할 것이다. 원래 싹싹한 사람이라도 자신의 컨디션이나 상황에 따라 레버를 잠그고 전혀 다른 사람처럼 행동하더라도 전혀 이상한 일이 아니다.

누구에게도 '나의 기분'과 '모두의 분위기'를 위해 싹싹해질 의무는 없다. 강요하고 권장하는 순간부터 싹싹함은 어떤 기질이 아니라 을의 조건으로 작용한다. 분위기를 밝게 만들지 않아서, 어른들에게 사랑스럽게 굴지 않아서, 사람들의 활력소가 되지 않아서 누군가를 괘씸하게 여기고 비난한다고? 그것이 그저 '감정적 착취'일 뿐임을 기억하자.

| | | | | | | 아 | 담 | 하 | 지 |
| | | | | | | 않 | 아 | 도 | |

드라마 〈청춘시대 2〉

20살의 어느 날, 출입문 쪽에 서서 지하철을 타고 가는 중이었다. 지상을 가로지르는 2호선 열차의 창밖으로 생각보다 달콤하지는 않은 서울의 야경이 어른거렸다. 그 위로 얇은 레이어를 씌운 듯 지하철 내부와 내 모습이 비쳤다. 내 뒤에서 얼쩡거리는 한 남자가 보였다. 지하철 안은 한산했지만 그는 내 뒤에 꽤 가까이 와 있었다. 나는 호주머니에 손을 넣어 듣던 음악을 끄고 자세를 바로 했다. 그를 '괜히' 오해한 건지를 먼저 걱정하며, 최대한 자연스럽게. 그는 얼쩡거리다가 어느 순간 살짝 붙었다 떨어졌다. 유리창으로 그가 살짝 고개를 들어 자신과 나의 머리 높이를 재보는 것이 보였다. "야, 내가 이김, 내가."

그는 속삭이며 조금 떨어져 있던 일행에게로 달려갔다. 몇몇이 킥킥거렸다. 이어폰을 끼고 있었지만 다 들렸다. 곧이어 그의 일행 중 한 명이 시간차를 두고선 딴청을 부리며 다가와 역시 내 뒤에 서서 키를 재고 달아났다(그땐 내가 이김ㅋ).

처음이 아니었기 때문에 놀라지 않았다. 남자가 혼자일 때는 그의 눈알이 나와 자신의 머리 높이 사이를 몇 번 오가는 정도였고 여럿일 때는 자기들끼리 재미있는 내기라도 하는 양 굴었다. 그럴 때마다 고등학교 때 알았던 언니의 친구를 떠올렸다. 요즘에는 워낙 평균 키가 커졌지만 2005년 당시만 해도 175cm의 여고생은 흔치 않아서 어디서든 눈에 띄었다. 그 언니에게 다가와 키가 몇이냐고 묻거나, 뒤에서 몰래 어깨 높이를 재어보고 도망가는 남자들이 있다던 이야기를 들었다. 그 이야기를 처음 들었을 때는 세상에 별의별 사람이 다 있다고 생각했다. 그러나 새내기의 넘치는 파이팅과 팔팔한 관절 찬스로 9cm 정도의 하이힐을 신었더니 그 일이 나에게도 일어나기 시작했다.

나는 167cm이고 다들 '딱 좋은' 키라고 한다. 너무 작지도 너무 크지도 않은, 하지만 실제로 앞에 두고 보니 생각보다는 좀 큰. "여자애가 너무 커도 좀 그렇더라." 꼭 그런 말이 붙었다. 내가 '너무' 크기 전에 멈춰서 다행이라는 듯이. 굳이 구체적으로 묘사하지 않아도 듣는 사람이 모두 찰떡같이 알아듣는, 좀 그렇다는 말의 뻔뻔함. 하나도 달갑지 않은 칭찬이었다. 딱 좋다는 표현은 가상의 남자친구 즉 대한민국 남성 평균 키와의 '맞춤'이 기준이기 때문이다. 통상 이성애 커플의 바람직한 키 차이는 13cm 정도로 여겨진다. 남자의 키 기준이 180cm이니 여자는 167cm정도이다. 어쨌든 170cm은 안 넘어야 '보시기 좋은' 사이즈였다.

그러나 딱 좋은 키라는 건 구두를 신은 상태를 가정하기 때문에 사실 그들이 생각하는 이상적인 키는 162~3cm 정도였다. 구두를 신어서 170cm를 넘는 순간 사람들의 얼굴에 떠오른 표정이란, 걸리버라도 본 줄. 내가 힐을 신으면 2014년 기준 한국 남성 평균 키 174.9cm와도 비슷하거나 조금 크다. 키재기 타깃이 되기에 딱 좋은 조건이다. 만나는 남자들은 기대를 저버리지 않고 하나같이 그 대사를 읊어 내 흥미를 싹둑 잘랐다. "너무 높은 거 신지 마." 나는 구두에서 내려오면 규격 안의 여자였지만 구두를 신는 순간 규격 밖으로 비어져나가는 부담스러운 존재였다.

여자들은 언제나 아담하고 귀여운 존재로 대상화된다. 높은 칸의 책에 손이 닿지 않는 것은 언제나 여자이고 뒤에서 나타나 멋진 배경음악과 함께 책을 꺼내주는 것은 언제나 남자이다. 공공기관의 포스터, 대학의 홍보물, 결혼 정보회사의 광고, '웃기려는' 목적이 아닌 이상 바람직하고 안정적인 그림 속 여자의 키는 언제나 남자보다 적당하게 작다. 오바한다고? 세계 랭킹 1위의 배구선수 김연경도 남자친구 키는 어느 정도가 좋냐는 둥, 연애는 어떻게 하느냐는 소리를 듣는 세상이다.

2014년 한국 여성의 평균 키 성장률이 200개 국가 중

1위라는 기사를 접했다. 엘리오 리볼리 영국임피리얼칼리지 공중보건학장의 연구팀이 전 세계 200개 국가 남녀의 평균신장이 1914~2014년 사이에 어떻게 달라졌는지 분석한 연구 결과이다. 100년 새 142.2cm에서 163.3cm로 20.1cm가 커졌다고 한다. 연구팀에 따르면 개인의 유전이 키에 큰 영향을 미치지만 일단 전체 인구의 평균을 넘어서면 유전의 역할은 줄어든다고 한다. 같은 환경에서라면 대부분의 인구가 비슷한 신장까지 성장한다는 것이다. 14년 전 175cm였던 언니의 친구는 구경거리가 되었고, 내가 하이힐을 신은 날이면 내 머리통 근처를 오가는 남자들의 시선을 피할 수 없었다. 지금은 여자의 큰 키에 대한 거부감이나 반발심이 좀 덜할지도 모르겠다.

하지만 여전히 큰 여자는 기이하고 특이한 존재이다. 그나마 여자의 큰 키가 찬탄을 받는 순간은 늘씬한 비율을 자랑할 때이다. 키가 크면 '늘씬하거나', '모델이거나' '모델 같아야' 한다. 그것이 키 큰 여자의 유일한 장점이자 그이가 받을 수 있는 긍정적인 평가이다. 우리 집은 양

쪽 집안 통틀어 성장기에는 많이 먹기를 장려하면서 "살이 키 된다"라고 주장하는 양육 법칙을 고수한다. 키가 크면서 체형이 변할 것을 전제한다. 키 '만' 크면 안 되고, 그 살이 모두 키가 되어야 한다. 날씬하지 않으면 그냥 '덩치 큰 여자', '여자도 아닌 여자'이고, 키는 덩치의 조건으로 전락한다.

키 큰 여자들에게 권장되는 스타일링이나 이미지를 생각해보자. 그들은 쿨하고, 프릴이나 리본을 싫어하거나 착용하지 않고, 쎈 언니이거나 시원시원하다. "나 꿍꼬또. 기싱 꿍꼬또" 같은 혀짧배기 애교 요구에서도 비교적 자유롭다. 남자와 견주거나 남자를 위협하는 구도로도 자주 소비된다. 개인의 성향이라면 강요되는 여성성으로부터의 탈주이지만, 특정 규격에 미달하는 여성을 우리 사회가 어떻게 '비-여성'으로 취급하는지 보여주는 사례이기도 하다. 이들은 결국 로맨스를 통해 '여성성'을 보충해야 한다.

〈청춘시대 2〉에서는 큰 키에 짧은 머리, 중성적이고 털

털한 캐릭터인 조은(최아라 분)이 등장한다. 조은은 데이트를 하게 되자 치마를 처음 꺼내보고, 이 장면을 클립으로 자른 네이버 TV는 "나도 여자랍니다"라는 제목을 붙였다.

프로크루스테스의 침대에 눕힌 행인처럼, 키 큰 여자는 침대 바깥으로 삐져나간 다리를 한, 규격 초과의 존재이다. 키 큰 여자는 자신의 큰 키 때문에 제약에 부딪힌다. 바람직하고 평균적인 여성 사이즈를 벗어난 몸은 55 사이즈의 옷과 250mm 이하의 신발에 둘러싸여 있고, 이른바 '여성적' 취향을 드러내거나 누리기 힘들다(작은 여자들이 겪는 고통도 같은 맥락이다. 이들은 귀엽고 연약한, 어려보이는, '합법 로리' 등의 프레임과 싸워야 한다).

"여자의 키가 남자를 위협하지 않아야 한다"는 고정관념 역시 공고하다. '남자 키가 180cm가 안 되면 루저'라는 뉘앙스의 발언을 한 여성을, 남자들이 얼마나 오랫동안 집요하고 악질적으로 괴롭혔고 지금도 괴롭히고 있는지 기억한다. 방송 상의 재미를 위해 다소 과장된 발언이었다거나, 남녀가 짝을 이룰 때 남자가 여자보다 더 커야 한다고 주입해온 관행이나, 가슴이 작거나 몸무게가 많이 나가는 여성을 그동안 사회가 어떻게 비하하고 조롱하고 그 자체를 스포츠로 즐겨왔는지의 맥락은 싹 떼어버린 광란의 마녀사냥이었다. 루저 논란은 키 작은 남자들이 자신의 키를 평가하는 여자들에게 얼마나 자격지심과 악의를 품는지 드러냈다는 점이 핵심이다. 하지만 키 작은 남자의 자존감을 북돋워주는 분위기는 또 얼마나 팽배해 있는가? "키 크면 싱겁다", "작은 고추가 맵다", 키 작은 남자들만 모아서 기획한 〈무한도전〉의 '작아 파티' 특집, 작은 남자를 '요정'이라고 불러주는 무시무시한 착즙……

남자는 커도 되고 작아도 된다. 크면 커서, 작으면 작아서 괜찮다. 김건모처럼 작은 남자들은 너무나 아무렇지 않게 '자기보다 키 큰 여자'를 선호한다. 하지만 여자는 너무 커서도, 너무 작아서도 안 된다. 자신이 키가 커서 큰 남자를 선호한다고 밝히면 가혹한 보복이 돌아온다. 키 큰 여자를 좋아하는 남자는 관대한 취향이지만, 키 큰 남자를 좋아하는 여자는 속물이다. 키가 크더라도 "키는 별로 신경 안 쓴다"라고 말해야 '너무 따지지 않는' 호감형 인간이 될 수 있다.

소개팅이나 미팅을 나가면서 낮은 굽을 고르던 시절이 있었다. 뒤에서 키를 재고 달아나는 남자들을 한심해하면서 큰 키가 주는 해방감을 만끽하는 한편, 아담하지 않은 나를 부담스러워할까 봐 걱정하기도 했다. 이제는 무릎 관절이 거부하는 바람에 그때처럼 높은 굽을 신지는 않지만 내가 자신보다 작아서 보호본능을 느끼거나 귀여워하려는 마음이, 내가 자신보다 클까 봐 노심초사하는 옹졸한 심사가 얼마나 하찮은지 안다. 상대 여성이 자신보다 키가 커서 기가 죽는다면 여자에게 낮은 신발을 신으라거나, 키가 크다고 툴툴거리는 게 아니라 그냥 기 죽은 채로 살자.

P.S. 마찬가지로 작은 여자에게 작다면서 함부로 머리를 만지거나 '꼬마' 취급을 했다가는 큰 화를 당할 것이야.

자 연 미 인 이

아 니 어 도

웹툰 〈내 ID는 강남미인〉

──────────── "어우, 너무 성괴다."

내가 A와 함께 찍은 사진을 보던 B가 말했다. B는 A와 모르는 사이였고, 사진으로 처음 보았던 참이다. B는 이내 사진 속의 나를 콕 찍으며 말했다.

"이 옆에 있으니까 너 되게 자연스러워서 귀엽다."

그 말을 듣고 나는 고개를 갸웃거렸다. 아니, 저도 '자연'이 아닌데용?

나는 총 두 번의 성형수술을 거쳤다. 한 번은 철저히 미용 목적이었고, 한 번은 의료적 차원이었다. 처음 했던 미용 목적의 수술은 생각보다 그 효과가 드라마틱하지 않았고, 거듭된 부작용으로 나를 꽤 오래 괴롭혔다. 성형수술의 효과는 상당 부분 부풀려지고 조작되었는데, 그렇게 고생할 줄 알았으면 그 돈으로 스나이퍼를 고용해 성형외과의 광고판이나 쏘고 다녔을 것이다.

그 이후 나는 단단히 결심했다. 다시는 성형을 하지 않으리라! 마침 페미니즘 공부를 시작했고, 성형한 여성들을 조롱하거나 비하하는 '성괴', '강남 미인' 같은 저열한 신조어가 유행하던 무렵이었다. 나는 있는 그대로의 내 모습을 사랑하려고 노력하는 한편(Love yourself!), 성형한 여성들을 찬사와 비난의 냉온탕에 샤브샤브처럼 넣었다 뺐다 하는 세상의 이중 잣대에 두려움을 느꼈다. 누군가와 얼굴이 가까워지면, 성형의 흔적을 들킬까봐 심장이 둥당둥당 뛰었고 전형적인 '강남미인'형의 얼굴을 보면 주변 사람들이 그이를 어떻게 보는지 내가 곁눈질하고는 했다. 건강하고 옳은 인간이 되고 싶었지만 나고 자란 사회의 여성혐오 땟물은 내 생각보다 더 구석구석 스며들어 있었다. 그 공포 때문에 나는 의료적 차원의 수술을 거부하면서 의사나 가족들과 갈등했고, 수술 직전 약간의 우울증 증세를 보였다.

기맹기의 웹툰 〈내 ID는 강남미인〉은 서예린의 만화 〈내 ID는 성형미인〉을 연상시키면서 현대에 맞게 바꾼 제목으로 시선을 끌었다. 주인공 '강미래'는 못생긴 외모 때문에 각종 수모를 겪다가 대학에 입학하면서 성형수술을 한다. 대학 OT에 가는 미래는 이제 달라진 자신의 모습과, 새롭게 펼쳐질 삶을 상상하며 독백한다. "나는 예뻐졌다. 많이, 많이. 놀랄 정도로." 그런데 사족이 붙는다. "다만… 조금 티가 나는 형태로……." 이 독백과 함께 공개되는 미래의 얼굴은 '강남미인도'라는 그림까지 나올 정도로 조롱과 비난의 대상이었던 성형 미인의 스테레오타입이다. 미래는 갑작스럽게 달라진 자신의 '신분'에 적응하지 못해 허둥대는데, 또 다른 일본만화 《미녀는 괴로워》처럼 하루아침에 미녀가 되는 서사에서 자주 볼 수 있는 장면이기도 하다. 미래는 자신의 아름다움을 즐기고 싶지만, 그것이 '티'가 나기 때문에 한껏 당당할 수 없으며, 평생 못생긴 외모로 천대 받아온 상처는 언제고 불쑥불쑥 튀어나온다.

이런 미래와 대조되는 지점에 같은 과 친구이자 '자연미인'인 '현수아'가 있다. 수아는 예쁘고 착하지만, 사실은 뒤틀린 성격의 소유자로 주인공을 곤경에 빠뜨리는 '알고 보면 여우'이다. 수아가 미래를 괴롭히는 방식 중 하나는 자신의 '자연' 외모와 성형수술을 거친 미래의 외모를 비교하고, 이로 인한 반응을 이끌어내는 것이다. 미래는 예뻐졌지만 '성형미인'이기 때문에 그 아름다움은 도마 위에 오른다. 누군가는 미래의 외모를 칭찬하고 접근하며, 누군가는 '저런 타입'은 싫다며 질색하고 비난한다.

미래는 성형을 했기 때문에 '쉬운 여자'로 분류되어 남자 선배가 신입생 환영회에서 술을 먹여 모텔로 데려가는 성범죄의 타깃이 되거나, 외모가 계급으로 작동하는 사회에서 자연미인인 수아 '급'으로는 넘어갈 수 없는 '가짜'이자 '열등'한 지위를 부여받기도 한다. 미래와 미래의 대학생활은 성형미인을 대하는 우리 사회의 태도와 여성의 분열을 반영한다.

아름다움이 계급인 사회에서 성형미인은 '감히' 그 계급을 이동하려고 한 '신분 세탁자'이다. 성형수술을 한 여성에게 '가짜'라는 라벨을 붙이고 '자연산' 같은 표현으로 여성의 신체를 상품화해 숭배하며, 천편일률적이고 잔혹한 미적 기준이 아니라, 이를 욕망하는 개인을 조롱하고 '괴물'이라고 이름 붙인다. 당연하게도, 신분세탁이라도 하지 않으면 미래처럼 일상생활이 불가능할 만큼 여성을 '조지는' 데에는 아무 죄책감이 없다. 전 세계에서 한국 여성이 가장 많은 성형 수술을 한다는 사실은 여성들을 비난하는 지표로 해석되고, 성형수술 도중 일어난 의료사고는 '굳이' 수술을 받으려고 한 여성이 원인인 양 보도된다. 개그 프로그램은 강유미 같은 천부적인 재능을 가진 여성 코미디언을 집요하게 성형이라는 소재에만 가두었다. 여성은 아름다워야 하지만 태어날 때부터 고귀한 신분인 수아처럼 '자연미인'이어야 하고, 아름답지 않은 외모를 방치해서는 안 되지만 '티'가 나거나 알려지면 안 된다. 티가 나는 순간 개인의 성형 여부는 모두가 씹고 뜯고

맛보고 즐기는 스포츠의 영역으로 넘어가버린다.

연재가 진행되고 캐릭터들의 서사가 드러나면서 이 만화가 전하는 메시지는 새로운 국면을 맞는다. '발암'이라는 별명을 얻을 정도로 주인공인 미래를 괴롭힌 수아 역시, 끝없는 자기 검열과 외모 강박 등으로 고통 받아온 외모지상주의의 피해자였다. 이것은 수아가 미래에게 행한 가해 사실을 비호하는 장치가 아니라, 미래와 수아가 각각 처해 있는 폭력적이고 위태로운 입지를 다각도로 조명한다. 외모지상주의의 수혜자로 보이는 '자연미인'조차 외모 평가에 시달리고, 미적 기준에서 이탈할까 봐 자신을 몰아붙여야 한다. '자연미인'이란 가혹한 허상이며, 아무도 그 기준을 자연스럽게 충족할 수 없다는 사실이 폭로된다. 미래는 수술로, 수아는 식이장애로 이를 경험한다.

수술하지 않고도 살 수 있어야 가장 편하고 자연스러운 상태일 것이다. 여성의 대부분은 성형수술을 경험하거나 하라는 권유를 받거나 할지 말지 갈등하지만, 남성의 대부분은 이런 경험도 제안도 갈등도 없이 산다. 눈두덩이 두껍고 코가 낮고 턱이 사각이고 이마가 푹 꺼지고 배가 나오고 가슴이 처져도 취업에서 극심한 불이익을 받거나 생판 모르는 남에게 멸시를 당하거나 능력보다 외모로 등급이 매겨지지 않는다. 나도 그렇게 살 수 있으면 쉽게, 피 한 방울 흘리지 않은 몸뚱이로, 자신의 뼈와 살을 자르고 찢고 꿰맨 이들을 준엄하게 꾸짖으면서 자연미인을 찬양하는 그냥 '자연인'이 되었을까?

여성들은 매일매일 다양하다 못해 기상천외한 성형수술과 또 수술로도 쳐주지 않는, 즉 '자연'의 영역을 해치지 않되 '은은하게' 아름다워질 거라고 약속하는 시술의 문턱에 부딪치고 걸린다. 수술을 할까 말까 고민하는 친구들에게 하라고도, 하지 말라고도 말할 수 없다. 누군가 경험하는 모욕과 차별은 타인이 쉽사리 헤아릴 수 있는 것이 아니고, 그 과정에서 발생하는 금전적, 신체적, 정신적 비용 역시 철저히 개인이 감당해야 한다. 함께 외모지상주의에 대항하자고 일갈할 수도, 수술하고 행복해지자

고 사탕발림을 할 수도 없다. 나도 성형을 했고, 성형미인
은 되지는 못했지만 그 덕분에 사회의 호의 안에 이전보
다 발을 더 깊이 들이밀었으며, 동시에 수술이 내 삶의 행
복을 좌우하지는 않는다는 것까지 알기 때문이다.

　대신에 나는 부지런히 '거절'하려고 한다. 자연미인만
을 '진짜 여자', '진짜 아름다움'으로 승인하는 규범과 성
형미인을 조롱하고 비난하는 목소리에 동의하지 않는다.
내 외모를 자조하거나 타인의 외모에 대해 언급하지 않는
다. 과도한 성형외과의 광고나 불법 브로커들을 규제하는
정책이 필요하다고 말한다. 여자들이 자신을 부끄러워하
거나 자책하지 않기를 원한다.

　성형에 대한 개인의 찬반 의견이나 취향을 밝히기보
다, 이러한 참여와 담론을 만들어가는 것이 훨씬 더 중요
하다. 자연미인이 아니어도 잘 살 수 있고, 필요에 따라 수
술을 했을 때 그 사실을 낙인 삼거나 수치심을 주입하지 않
는 사회는 너무나 이상적이고 불가능해 보인다. 그러나 세
상의 절반은 이미 그 낙원을 누리고 있다는 사실~ 아, 피

가 확 거꾸로 솟네.

나는 자연미인이 아니어도, 이제 괜찮다. 여전히 있는 그대로의 나를 좋아하기는 힘들고, 수시로 자존감과 외모를 공격하는 바깥세상은 위험하다. 하지만 어차피 '진정한 여자'의 길은 결코 누구도 완벽히 충족할 수 없다는 사실을 상기하면 괜찮아질 때가 많다.

잠깐 시간여행을 할 수 있다면, 몇 년 전으로 돌아가 두 번째 수술 전 겁에 질려 있던 나의 머리를 쓰다듬어 주고 싶다. 그리고 속삭일 것이다. "비트코인을 사라."

잘　먹으면서
날씬하지
않아도

———

소설 《너의 여름은 어떠니》

──────── '채소의 기분'이나 '바다표범의 키스'처럼 평생 모를 것 같은 감각이 있다. 오랫동안 내게는 "입맛이 없다"는 표현이 그러했다. 날 때부터 밥이 달았던 어린이는 또래보다 훨씬 더 빨리 아동 서가를 탈출하여 소설 코너로 넘어갔지만, '마음고생으로 수척해진' 혹은 '스트레스로 야윈' 등의 묘사나 인물을 이해하지 못해 쩔쩔맸다. 외로워도 슬퍼도, 나는 안 굶어. 외조부모님이 농사지은 쌀이나 푸성귀, 직접 만든 두부와 된장 등을 먹고 자란 환경은 내게 음식을 남기지 못하는 습관까지 선사했으니, 호랑이가 날개를 단 격이었다(아님).

　그러나 복스럽게 먹는다는 말이 마냥 칭찬인 줄 알거나 마음껏 먹을 수 있는 나날의 종말은 생각보다 빨리 닥쳤다. 소녀는 세상의 잽과 어퍼컷을 골고루 얻어맞으며 체중을 신경 쓰고, 앞에 놓인 음식을 보면서 칼로리를 떠올리며, 기름지고 풍부한 맛의 음식을 '죄책감 드는 맛'이라고 표현하고 이해하는 과정을 거친다. 그래도 타고난 식성은 어쩔 수 없었다. 양껏은 아니지만 그래도 많이 먹었다. 그런 나를 가끔 이상하게 고무시키는 말이 있었다.

"먹는 것에 비하면 별로 안 찌네."

그 말이 얼마나 달콤했는지. 그 순간 나는 '몸매 관리를 하려고 샐러드나 깨작거리는' 젊은 여성의 도식에서 벗어나는 한편, '털털하게 잘 먹는' 이미지를 가지게 된다. 단, 어디까지나 내가 표준 체중을 벗어나지 않는다면. 잘 먹는데 과체중이라면? 가혹한 결과가 기다리고 있다. "저렇게 처먹으니까 살이 찌지."

피해망상이 아니다. 친구와 나는 접시 하나에 가격을 매기는 학생식당에서 둘이 나눠먹으려는 속셈으로 파스타를 산처럼 쌓았다가 "와, 저만큼 먹어야 살이 찌는구나"라는 말을 면전에서 들은 적 있다. 나는 내가 '보기보다' 많이 먹는다는 반응을 즐기다가도, 몸이 내 식성만큼 불어나면 금방 겁에 질려 다이어트에 접어들었다. 나의 식탐은 남들이 보기에 적당한 체형을 유지할 때에만 정당화되었고 그 이외에는 종종 수치심과 죄책감을 자극했다.

보편적으로 여성은 적게 먹는다고 '여겨졌다.' 그래서 식당에서는 음식 양의 많고 적음을 '남자', '여자'로 나누고 남녀공학에서는 남학생과 여학생에게 배분하는 급식의 양이 다르다. 혹은 여자는 적게 먹어야 하거나, 그런 척을 하라고 훈육되었다. 데이트나 소개팅 자리에서 음식을 남기고, 집에 들어와서 비빔밥을 퍼먹는 여자의 이미지는 얼마나 오랫동안 반복 재생산되었던가. 적게 먹는다는 것은 곧 '조신'하고 예쁘게 먹는다는 행위까지 포함한다. 하지만 이제 그런 행동은 내숭 혹은 '예쁜 척'이라는 비난을 받는다. 잘 먹어야 하되 뚱뚱하지 않아야 한다. 이두 가지 조건 이외의 조합은 어떻게 해도 비난을 피할 수 없다. 잘 먹지 않는 여성이 날씬하면 모든 최우선 가치를 자신의 몸매 관리에 두는 '골 비고 이기적'인 여자라는 타이틀이, 잘 먹지 않는 여성이 날씬하지 않으면 "다이어트한다"는 조롱이 기다리고 있다.

김애란의 소설 《너의 여름은 어떠니》에서 주인공은 오랜만에 대학 시절 짝사랑하던 선배의 연락을 받고 들떠서 외출한다. 케이블 방송국의 조연출인 선배는 패널이 부족해서 급하게 불렀다며 1차로 '나'의 기대를 저버린다. 그러나 어떤 방송의 무슨 패널인지 모르고 승낙한 '나'에게는 더한 지옥이 기다리고 있다. 녹화에 임박하여 그 사실을 알게 된 '나'는 아연실색하지만 선배가 상사에게 깨지는 걸 보니 빠져나갈 구멍이라고는 없다. '나'는 딱 달라붙는 의상을 맞춰 입은 한 무리의 '덩치 큰' 패널들과 함께 세트에 오른다. 그들은 오늘의 출연자인 푸드파이터 뒤에서 핫도그를 먹으며 대결을 펼친다. 젊고 날씬하며 예쁜 여성인 푸드파이터는 우아하고 신속하게 핫도그를 해치운다. '나'는 그 장면을 보며 마른 여자가 탐식하는 장면은 어딘가 색정적이기까지 하다고 말한다. 반면 '나'를 포함한 패널들에게 내려진 지령은 최대한 '게걸스럽게' 음식을 먹으라는 것.

'나'는 계속 고개를 숙이고, PD는 그림을 망치는 그녀에게 욕을 퍼붓고, 조연출은 울상이 되어 "고개를 들라"고 적힌 피켓만 계속 흔든다. 어차피 푸드파이터의 승리는 정해져 있고, 방송국이 원하는 그림은 매우 노골적이다. 일부러 딱 붙는 옷을 입혀 몸매를 강조한, 그 자체로 '잘 먹게 생긴' 이들이 허겁지겁 음식을 먹는 모습을 푸드파이터와 대비하여 희화화한다. 이들이 잘 먹는 것은 당연하지만 부끄러운 일이고, 심지어 '프로'인 푸드파이터에게 패배함으로써 더욱 하찮은 것으로 전락한다.

2016년 JTBC는 〈잘 먹는 소녀들〉이라는 2부작 예능을 방영했다가 여론의 뭇매를 받고 폐지되었다. 걸그룹 멤버들이 나와 10분 간 1대 1로 '먹방 대결'을 벌이는 포맷이었다. 어리고 예쁜 여성 아이돌이 10분 간 음식(그것도 먹기에 매우 번거로운 것들)을 먹고, 사람들이 그를 구경하는 기이한 프로그램. 푸드파이터도 아니고, 비현실적인 몸매를 유지하고자 다이어트가 일상인 걸그룹 멤버들은 이제 보이는 곳에서는 '잘' 먹어야 한다. 잘 먹는 척이라도 해야 한다. 칼로리에 연연하거나 깨작거리는 모습은 '쿨'하지 않기 때문이다. 트와이스의 멤버 쯔위는 천천히 먹는 자신의 속도를 유지했다가 비난을 받았다.

음식을 가리거나 남기는 것도 위험하다. 걸그룹 멤버들은 앞다투어 자신들이 예쁜 외모와는 달리, 순대국이나 족발, 닭발 같은 '예쁜 척하지 않는', '서민적이고 친숙한' 음식을 얼마나 좋아하는지 어필한다. 〈해피 투게더〉에 출연한 배우 김유정은 자신이 먹는 것을 얼마나 좋아하는지, 마음껏 먹으면 얼마나 먹는지 무용담처럼 늘어놓았고 패널들은 다윗을 보듯 놀라워했다. 개인 인터넷 방송에서 얼굴을 공개하고 먹방을 진행하는 대식가 여성 BJ들은 거의 모두 날씬하고 작은 체형의 소유자이다. 그럴 때의 식성은 아무리 왕성해봤자 태생적이고 굳건한 특권을 무너뜨리지 못하는 들러리의 역할을 하고, 날씬한 몸매는 더욱 격상된다. 반면 〈맛있는 녀석들〉의 김민경은 '민경 장군'이라고 불리고, 'MK형'이라는 자막이 달린다.

많이 먹는, 몸집이 큰 여자를 여자가 아니라고 부정하기란 너무나 쉽다.

이미 완벽한 몸매를 가진 소수의 연예인들은 '자기관리'를 잘 한다는 찬사를 받지만, 대부분의 잘 먹지 않는 여성은 타고난 식사량과 상관없이 '다이어터'가 되어 지탄 받는다. 나는 최근에 위장 기능이 떨어지면서 이전보다 식사량이 많이 줄었는데, 사람들이 의아해할 때마다 건강 문제임을 해명해야 한다. 그렇지 않으면 나의 식사량을 다이어트와 연결하는 평가가 기다리고 있다.

초록우산 재단에서는 "케냐의 어린이들은 나의 다이어트식 샐러드 값, 만 원이면 말라리아로 아파하지 않아도 됩니다"라는 카피를 썼다가 성차별적이라는 비판을 받았다. 이 간결한 카피는 많은 것을 압축한다. 다이어트 샐러드는 젊은 여성들의 전유물로 성별화된 아이템이고(성인 남성의 40%가 비만인 한국 사회에서 이것은 참으로 요상한 일이다) 기부 캠페인에서 자주 언급되는 '커피 한 잔'처럼 허영과 사치 혹은 잉여 소비를 의미한다. 다이어트 샐러드 대신

'인류애'를 위해 지출하라는 엄격, 근엄, 진지한 꾸짖음은 '자신의 몸매에 신경 쓰느라 사회적인 문제에는 둔감한' 여성을 설정하고 그러한 욕망이나 실천을 멸시하며 설득력을 얻는다.

날씬하지 않으면 곧바로 숨통을 조여오는 사회에서, 여성은 어떻게 먹든지 조롱이나 질타를 피하기 어려운 어중간한 상태에 낀다. 잘 먹는 여성이 보기 좋다는 말은 기만이고, 또 다른 결의 억압일 뿐이다. 잘 먹어야 한다. 그러나 살 쪄서는 안 된다. 그러면 그 '잘 먹는' 식성은 '추한 것'이 되니까. 타고난 식사량이나 식성이 딸린다면, 잘 먹는 시늉이라도 해야 한다. 그렇지 않으면 내숭을 떨거나 까탈스러운 여자가 되니까.

화 장 을 　 하 지
않 아 도

TV쇼 〈겟 잇 뷰티〉

──────────── 어릴 때 나는 통 외모 치장에는 관심
도 센스도 없었다. 머리가 헝클어져도 빗을 줄 몰랐고, 잠
옷으로 입는 파자마 같은 것을 입고 나갔다가 두고두고
놀림을 당하기도 했다. 스무 살에 선물 받은 화장품 선물
세트는 내가 처음 가져본 뷰티 아이템이었다. 알록달록한
별사탕 같은 화장품들은 앨리스가 만난 시계토끼처럼, 나
를 다른 세계로 데려가겠다고 예고하는 것 같았다.

그러나 성인이 되고도 나는 꽤 오랫동안 민낯으로 다녔
고 화장품 세트는 뽀얗게 먼지만 쌓여가다 쓰레기통으로
직행했다. 일단 손재주가 없다 보니 너무 어려웠다. 좁은
눈두덩에 섀도를 그라데이션으로 쌓는 기술은 내게 무형
문화재의 줄타기만큼이나 경이로운 장면이었다. 게다가

시간이 많이 걸렸다. 1분 1초가 아쉬운 아침 시간, 내 선택은 언제나 아침잠이나 아침밥이었다. 눈썰미가 없으니 화장을 했을 때와 안 했을 때의 차이를 잘 몰랐고, 그러다 보니 자연스럽게 화장에 관심이 떨어졌다. 그나마 여대에 다녀서인지 나에게 화장 좀 하라거나 여자 맞느냐는 진부한 '고나리'는 없었지만 뛰어봤자 한국 사회 손바닥 안, 나에게도 피할 수 없는 그 순간은 오고 말았다. 조승우가 부릅니다. '지금 이 순간~'

"도대체 무슨 근자감이야?"

근자감. '근거 없는 자신감'의 줄임말인 그 말을 처음 들었을 때 나는 약간의 수치심을 느꼈다. 그 과정은 지금 생각해도 놀랍다. 내 몸 어디에 그런 감정이 숨어 있었는지, 아마도 온 사회가 20년에 걸쳐 은밀하게 매립해 놓은 뇌관이겠지만. 어쨌든 〈킹스맨〉에서 사회 지도층의 머릿속에 심은 칩이 폭발하듯 별 것 아닌 한 마디에 퍼퍼퍼퍼 펑! 연속적으로 내 안의 무언가 폭발했다. 화장을 안 해도 되는 것은 안 해도 되는, 맨얼굴이 예쁜 여자뿐이었다. 화장을 안 하는 것은 자신감의 표현인데 미인이 아닌 내가 그러고 다니면 근거가 없어 괘씸한 행위였다. 나는 고개를 숙였고, 그때부터 어설프게나마 화장을 하기 시작했다. 뷰티 블로거들의 글도 보고, 잘하는 친구들의 옆에 붙어서 배우기도 하고, 패션잡지도 찾아 읽었다. 온스타일의 TV쇼 〈겟 잇 뷰티Get It Beauty〉도 그렇게 처음 보기 시작했다.

프로그램은 2006년 시즌 1로 시작한 후, 꾸준히 시즌을 거듭하며 11회차에 이르렀다. 시즌마다 해당 년도가 옆에 붙어, 현재는 〈겟 잇 뷰티 2018〉이 방영되고 있으며 뷰티 코스메틱 분야의 트렌드를 이끈다. 시중에 나온 화장품들을 소개하고 테스트하여 순위를 매기고, 셀럽들의 '뷰티 시크릿'을 공개하며, 집에서도 쉽게 따라할 수 있는 관리 방법을 알려주는 〈겟 잇 뷰티〉는 꾸준한 인기를 누리고 있다. 벌써 10년째고, 가는 곳마다 '겟 잇 뷰티 n위' 제품이라는 광고가 붙어 있으니, 한국 사회에서 꾸미는 일에 조금이라도 관심이 있는 여성이라면 이 프로그램과 옷깃을 스치게 된다.

〈겟 잇 뷰티〉의 카피는 "어제보다 예뻐지고 싶은 당신의 선택!"이고, 쇼를 방청하러 온 여성들을 '베러걸스better girls'라고 부른다. 내가 거기에 나가서 앉아 있으면, MC는 나를 "이진송 베러걸님~"이라고 부를 것이다. 무대를 둘러싸고 앉는 형식으로 일반 방청객들보다 카메라에 노출 빈도가 높으며, 그래서인지 방청객 여성들은 거의 대부분 젊고 날씬하며 화사하게 메이크업을 하고 있다. 이미 뷰티를 겟한 것 같은 이들은 학구열을 불태우며 종종 무대로 나와 메이크업 모델이 되거나 테스트를 받거나 '꿀팁'을 따라한다. 왜냐하면 그들은 아직 MC들만큼 '충분히' 아름답지 않으며, 심지어 그 시기 가장 여성들이 좋아하는 모델이나 걸그룹만이 맡을 수 있는 MC들조차 '더' 나아지기 위해 열심이니까. 프로그램의 협조자인 동시에 존재 그 자체로 프로그램의 정체성을 상징한다.

걸들girls은 더 나아better질 수 있으며, 그런 가능성을 품은 존재들이고, 더 나아지도록 노력해야 한다. 이때의 '나은'이란 당연히 꾸미고 관리하는 아름다움(뷰티)의 영역을 의미한다. 오늘의 나는 '덜 나은' 모습이지만, 꼼꼼한 관리와 섬세하고 세련된 메이크업이 있다면 '더 나아'질 수 있다. 오늘의 나는 언제나 새로운 가능성이자 극복의 대상이고, 내가 도달해야 할 아름다움은 끝없이 유예되는 내일에 있으며, 나는 손에 잡히거나 완성되지 않는 그 과정 속에 있는 것이다. 아름다움의 무한한 광산인 걸스girls는 이 특권을 방치하지 말고 기꺼이 이를 발굴하고 투자해야 하며, 그 과정에서 드는 품은 노동이 아니라 '즐거움'으로 둔갑한다. 걸스girls는 새로운 화장품을 보면 눈을 빛내고, 효과적인 체험을 위해서라면 기꺼이 카메라 앞으로 나온다.

일본에서는 이렇게 꾸미고 화장하는 것, 화려하거나 아기자기한 옷을 입는 것을 여자아이 혹은 숙녀의 즐거움이라고 오래 전부터 홍보해왔다. 일본 화장품 브랜드 캔메이크는 "여자아이라는 건 정말 즐거워!(女の子って本当に楽しい!)"를 광고 카피로 사용한다. 화장을 하고, 화장을 즐기며, 더

나아질 수 있어 즐거운 여자아이. 나아질 수 있는데 나아지지 않는 것, 나아지려는 노력을 하지 않는 것은 게으르고 관리에 소홀하거나 '근자감 없는' 행동이며, '한창 예쁠 때'를 방치하는 안쓰러운 짓이다.

근자감의 비수에 찔린 후 나는 한동안 화장을 거의 매일 하고 다녔고, 맨 얼굴로 나가면 어딘가 움츠러들었다. 쇼핑을 가거나 발표를 할 때도 화장을 해야 안심이 되었고, 아르바이트를 할 때나 공식적인 자리에 나갈 때는 반드시 해야만 했다. 나는 '눈썹 정리도 안 한 진상'이 되지 않기 위해, '파운데이션이 뭉친 꼴불견'이 되지 않기 위해, '베러걸'은 못 되어도 '워스트'는 되지 않기 위해 고군분투했다. 그러다 어느 순간 김이 좀 빠졌다. 당시 초등학교 고학년이었던 여동생이 외출 전에 화장을 하느라 거울 앞에서 한참 머물며, "화장을 못하면 부끄러워서 나갈 수가 없다"라고 말하는 것을 듣고 난 뒤였다. 내 안에서 또 다른 뇌관이 펑, 하고 터졌다.

지금 고등학생인 여동생은 나보다 화장을 진하게 하고,

더 많은 화장품을 갖고 있지만 별로 특수한 사례가 아니다. 내가 10대일 때는 반에서 3~4명 정도만 화장을 했는데, 2000년대에 이미 10대 소녀들에게 화장이 필수가 되었음을 분석한 논문이 나왔으니 여기에는 지역이나 학교별 분위기 차이도 변수로 작용했을 것이다. 어쨌든 지금의 10대들은 거의 대부분 화장을 하며, 이는 때때로 자아정체성을 형성하는 과정에서 학생을 순수하고 꾸밈없는 이미지에 획일적으로 가둬두려는 차별이나 폭력에 대항하는 전략이 되기도 한다.

아름다워지고 싶은 욕망과 치장은 인류의 오랜 역사와 함께 했으며, 이를 어리다는 이유만으로 금지하며 교사들이 학생들의 소지품을 빼앗거나 억지로 화장을 지우게 하는 것은 확실히 부당한 일이다. 우리나라처럼 청소년들의 자유가 제한되어 있는 곳에서는 특히 그렇다. 그러나 '못 하면' 벌어지는 일에 방점이 찍히면, 문제는 어렵고 민감해진다. 성적대상화 되는 연령대가 급격하게 낮아지면서, 화장 노동의 그물코는 더욱 촘촘해지고 커졌다. 10대들은 화장을 하면 비난 받는 동시에, 화장을 하지 않은 성인 여성들이 겪는 멸시도 비슷한 수준으로 경험한다. 화장을 하지 않는 여학생들은 세련되지 않거나 촌스럽다는 이유로 또래집단에서 소외되거나 남학생들에게 비난을 받는다. 예전에는 20대 이하의 여성은 화장 노동에서 일종의 그린벨트였지만, 이제 연령불문 '화장하지 않을 자유'를 박탈당했다. 남은 것은 오직 '화장할 자유'뿐이고, 당연하게도 하지 않을 자유가 없는 할 자유는 강요일 뿐이다. 맨얼굴이 아니라 화장을 한 상태가 기본값이 될 때, 돌아오는 것은 자기혐오이다.

자기혐오는 화장을 했을 때 고취되는 힘과 자신감보다 훨씬 더 일상적이고 억세다. 화장을 하라는 외부의 강요만큼이나 은밀하고 효과적으로 '나'를 지배한다. 꾸미지 않은 '나'는 부끄러운 원본이다. 더 나아지려는 노력이 없는 '걸스'는 '베러'가 될 수 없다. 자신을 사랑하는 방법으로 더 꾸미고 가꾸라는 요청은 이렇게 성립한다. '베러'가 오직 뷰티의 영역이라는 것은 별로 중요하지 않다.

여성의 가치는 언제나 아름다움이었으니까. 이것이 화장 혹은 '꾸밈 노동'의 특수성임을, 나는 10대 여학생을 한 발 물러서서 관찰하면서 그 심각성을 더욱 깨닫게 되었다. 화장을 좋아하고 즐기는 행위와, 화장과 관련하여 여성에게 가해지는 억압과 차별을 비판하고 해체하고자 하는 행위는 서로 충돌하지 않는다. 나의 취향과 감정은 사회로부터 분리되어 독자적으로 형성된 것이 아니며, 우리의 모든 행동이 단순히 '저항'과 '순응'으로 깨끗하게 갈리지 않기 때문이다.

상대적으로 용모에 대한 압박이 덜한 환경에서 일하는 나는 2차 폭발 이후로 훨씬 더 느슨한 세계에 산다. 그러나 나 역시 사람들 앞에 나서거나 사진을 찍을 때면 화장을 한다. 아무도 "화장하고 오세요!"라고 시키지 않았지만 안 했을 때 무슨 일이 벌어지는지 알기에, 어떨 때는 씩씩거리면서 정말 마지못해 한다. 일반적인 '사회생활'에서 화장을 하지 않으면 내복 차림으로 사파리에 똑 떨어지는 격이다. 공적인 자리에 나온 여자의 맨얼굴은 거

센 비난과 단속의 대상이다. 얼마나 많은 일터가 '용모 단정'이라는 말 안에 촘촘한 칼날을 심어놓는지. CGV는 여성 아르바이트생들에게 꾸미는 기준을 세세하게 지정하고 강요하여 비판 받았다. 2018년 3월에는 백화점 화장품 매장 노동자들이 열악한 노동조건을 규탄하며 파업을 했는데, 이들은 과도한 '꾸미기에 대한 압박'에도 문제를 제기했다. 얼굴은 개인의 인격과 정체성을 상징하는 중요한 상징이지만, 여자의 맨 얼굴은 여자이기를 '포기'했기에 인격을 상실한 것으로 간주된다. 그래서 누구든 말을 얹고 간섭하고 비난한다. 정확히 말하면, 그럴 권리가 자신에게 있다고 믿는다.

매일 아침 너무나 많은 이들이 아침밥과 아침잠을 포기하며 부지런히 찍어 바르고, 또 그만큼 많은 이들이 로션조차 제대로 안 바르고도 당당하게 고개 들고 다니는 이상하고 신비한 나라. 가끔 완전한 무력감에 입맛이 쓰다. 그런 한편으로는 또 열심히 씨앗을 뿌리고 다닌다. 용모에 자유로운 환경에서도 내가 할 수 있는 일이 있기 때문이다. 외모에 대해서 이야기하지 않기, 화장하지 않은 얼굴에 아무런 반응 보이지 않기, 맨얼굴을 놀리거나 비웃는 농담에 웃지 않기, 화장이 어째서 여성에게만 부과되는 특수한 노동인지 떠들기……. 당장은 아무런 영향을 발휘하지 못하는 것처럼 보이는 이 일이 단순한 정신 승리가 아니라 어느 날 어느 순간 어떤 일과 만나 또 다시 퍼퍼펑, 터지면서 사소하고도 격렬한 지각 변동을 끌어낼 수 있기를 바라며.

			가	슴	이		예	쁘	지
							않	아	도

춘자, 〈가슴이 예뻐야 여자다〉

어릴 때부터 어른들의 책장을 넘보는 아이는 여자의 가슴을 묘사하는 단어들부터 맞닥뜨리게 된다. '계집'의 '봉긋'하고 '뽀얀' 혹은 '이제 막 영글기 시작한' 그것을 집요하게 묘사하는 이른바 한국 문학의 거장들. 나는 미처 부풀지도 않은 가슴이 가져다줄 이른바 '여자의 미래'라는 것에 못내 불안을 느꼈다. 텔레비전에서는 툭하면 가슴이 작은 여자를 '아스팔트 껌딱지', '계란 후라이', "앞인지 뒤인지 모르겠다"라고 놀리는 장면이 나왔다. 여자들은 화를 내는 대신 부끄러워하거나 민망해했다. 중학교에 가자 가슴이 큰 친구들은 '젖소'라고 불리며 체육시간이면 구경의 대상이 되거나 옆 학교 남고생들에게 집중적으로 물풍선을 맞곤 했다. 그런 일이 무서워서 나는 억지로 작은 브래지어를 하고 어깨를 웅크리고 다녔다. 그 버릇은 아직도 내 몸에 남아 있다.

그놈의 가슴, 젖가슴, 슴가, 젖무덤(윽).

너무 작아도 너무 커도 안 되고, 심지어 모양이 처지거나 유륜이 크거나 젖꼭지 색이 짙어서도 안 되며, 보건복지부 홈페이지에서는 '바람직한 모양'이라고 하여 마치 건강한 가축을 고르듯 가이드라인을 제시하는가 하면 게임 일러스트 등에서는 갑옷을 입어도 그 실루엣이 반드시 드러나야 하는 가슴. 여자의 몸은 부위별로 나뉘어 저울에 오른다. 엉덩이나 허리, 허벅지도 마찬가지다. 부끄러움을 모르는 JYP는 '어머님이 누구니'라는 노래에서 대놓고 엉덩이가 큰 여자를 찬양하는 노래를 부르기도 했으니. 드라마 〈이번 생은 처음이라〉에서 회사의 남자직원들은 우수지(이솜 분)의 가슴을 두고 '꽉 찬 A컵', '살짝 모자란 B컵'이라고 추측하며 내기한다.

작으면 작은대로 크면 큰대로, 그 압박에 못 이겨 가슴 확대 수술을 하면 또 한 대로 여자의 가슴을 일컫는 무수한 멸칭과 모욕적인 비유들. 일단 여성으로 태어난 이상 하늘에서 비처럼 쏟아지는 그 말들을 피하는 것은 불가능에 가깝다. 가슴은 완전히 성애화되어서 온전히 여성의 것일 수 없는 비운의 기관이다. 그 자체로 '19금'이 되어버린 지 오래다. '좋은 모양'이란 순전히 '보기에 예쁜(좋은)' 기준으로 여성의 건강이나 개인차를 전혀 고려하지 않는다. 유두를 핑크빛으로 만들어준다는 크림은 '여자의 욕망'이라는 카피를 달고 판매된다. 가슴을 크게 또는 탱탱하게 만들어준다는 크림이나 보조 기구, 가슴 확대 수술 광고는 남자의 성기 확대 수술보다 몇 배 더 많이 보인다. 어떤 남자들은 가슴이 손만 대면 쾌감을 느끼는 버튼인 줄 안다.

그뿐인가? 윤곽은 보여야 하지만 젖꼭지가 옷 위로 드러나면 큰일나기에 단단히 감싸야 한다. 처지면 안 되기 때문에 와이어가 달린 속옷으로 꽉 조이거나 뽕이 들어간 것으로 적당히 볼륨을 살리는 것도 잊으면 안 된다. 그 후에는 브래지어가 보이지 않도록 색깔에 신경을 쓰거나 또 다른 속옷을 하나 겹쳐 입어야 한다. 중고등학교에서 브래지어가 비치지 않도록 런닝셔츠 등을 받쳐 입으라고 등짝을 맞아본 여학생들을 일렬로 세우면 북한에서 땅끝마을까지 인간띠를 만들 수 있을 것이다.

때때로 가슴은 여성 그 자체를 의미하기도 한다. 배보다 배꼽이 더 큰 격인데, 가슴이 작으면 여자도 아니라는 식이다. 머리가 짧고 성별이 잘 드러나지 않는 옷을 입고 다니는 내 친구는 집요하게 자신의 가슴을 쳐다보는 사람들을 하루에 1명 이상 만난다. 가슴 크기로 성별을 판단하려는 것이다. 어떤 남자들은 여자들이 가슴 크기로 서로 질투하거나 견제한다고 굳게 믿는다. 또 어떤 남자들은 여자의 가슴이 작으면 아예 "없다"라고 놀린다.

2004년에 나온 '가슴이 예뻐야 여자다'라는 노래가 있다. 춘자라는 가수가 머리를 빡빡 민 파격적인 콘셉트로 불러서 화제였다. 독특한 스타일링과 '가슴'이라는 단어의 동음이의어를 이용한 노래는 여성성에 대한 관습을 비판하고 내면의 아름다움을 강조한다. 백문이 불여일견, 가사를 잠깐 짚어보자(이 노래를 기억하는 분은 내적 댄스를 추며

읽어도 좋다. 중간 중간 춘자! 춘자! 하는 래퍼의 추임새가 들어간다).

콧대는 기본으로 세워야 하고 노출은 섹시하게 보일 듯 말
듯. 온몸은 명품으로 휘어감고서 매일 오후 머리 세팅을.
아찔한 시선을 은근히 즐기고. 꽃잎은 질 듯 말 듯 향기를
내고. 눈빛은 아슬아슬 튀게만 가고. 남자들을 유혹하지.
그런 여자 감당할 수 있니. (…) 여자는 눈빛이 예뻐야 한
다고. 여자는 몸매가 빠져야 한다고. 여자는 피부가 고와
야 한다고. 누가 그걸 왜 모르겠니. 남자를 가슴으로 안아
줄 여자. 가끔은 가슴으로 울어줄 여자. 순수한 가슴으로
말하는 여자. 가슴이 예뻐야 여자. 이런 내가 바로 여기에
있는데. 왜 그렇게 몰라. 진정한 매력을. 이렇게 아름다운
내 가슴을. 이런 나를 다시 만날 수 있겠니. 이런 나를 잃고
또 후회할 거니. 남자는 애나 어른이나 똑같아.

익숙한 클리셰가 몇 개 보인다. 콧대를 세우고 적당히 노
출을 하고, 머리를 세팅하고 명품을 휘감은 채 고운 피부

를 빛내야 한다는 압박은 공기 중에 자욱하게 떠돌며 여자를 머리끝부터 발끝까지 압박한다. 이러한 전형에서 이탈한 춘자의 모습은 시각적으로 상당히 신선하고, 노래와 메시지는 언뜻 해방적으로 보인다. 그런데, '~해야 여자'라는 제목이 말해주듯 문제의식은 다른 방면으로 튄다.

노래는 관습적인 여성성에 충실한 '그런 여자'와 '남자를 가슴으로 안아주고/울어줄' '나'를 대립시키고 '나'의 진정성을 강조한다. 이것이 '진정한 매력'이고 '아름다운 가슴'이다. 그렇다면 앞서 나온 '그런 여자'는 몸매가 잘 빠져서 '신체 부위로서의 유방'이 아름답지만 남자를 가슴으로 안아주거나 가슴으로 울어줄 JINJUNGSUNG을 갖추지 못한 여자이다. 가슴이 예뻐야 여자라는 말은 결국 가슴이 예쁘지 않으면 여자가 아니라는 뜻인데, 이 노래에서 예뻐야 하는 가슴은 내면이니 결국 내면이 아름답지 않은 여자는 여자가 아니라는 고리타분한 결론에 도달한다. 가슴이 뭔데 여자를 결정하죠? 게다가 아름다운 가슴의 기준이 남자를 안아주고, 남자를 위해 가슴으로 울어주는 거라니 이게 대체 무슨 소리요 두유 양반? 게다가 머리를 빡빡 밀더라도 춘자는 날씬한 몸매에 '적당히' 풍만한 가슴을 자랑한다. 그렇지 않았다면 시도도 못했을 콘셉트이다.

책상을 쾅쾅 치며 성토한다. 여성성에 대한 고정관념에 저항하는 듯 보이지만, 결국 특정 여성상을 강화하는 모순에 대하여. 진짜와 가짜를 나누고 서열을 매기며 어떤 것만을 승인하는 권력의 알량한 '눈 가리고 아웅'을. 우리는 이런 프레임을 아주 잘 알고 있다. 개념녀를 칭송하고자 '그런 여자'를 깔아뭉개고 김치녀라고 라벨링하는 관행 말이다.

책상을 엎으며 말할 것이다. 가슴이 어떻게 생겼든 나는 여자이며, 그것이 예쁘고 말고를 평가할 자격은 누구에게도 준 적 없다고. 가슴의 미추 여부는 나의 존재를 정의할 수 없다고. 세상에는 다양하고 무궁무진한 형태의 가슴이 있다. 얼굴과 손금의 생김새만큼이나 그 모양이나 크기는 다르고, 천운영의 소설 《세 번째 유방을 가진 여자》에도 나오듯, 유두를 3개 가질 수도 있다. 그게 뭐 어떻단 말인가? 너 보기 좋으라고 생긴 게 아니니 어이 거기, 여자의 가슴에 대해서 할 말이 있으면 몸으로 말해요로도 하지 말고 집에 가라 좀.

긴 생머리
그녀가
아니어도

만화 〈아름다운 그대에게〉

─────────── 긴 생머리, 긴 생머리란 무엇일까? 23살의 나는 촌스러웠던 20살 시절의 사진을 보며 언니에게 물어본 적 있다.

"지금이 백배는 나은 거 같은데, 이상하게 인기는 이때가 더 많네."

언니는 그때 두 가지 날카로운 진단을 내린다.

"어려서 그래.""그땐 머리가 길었잖아."

나는 설명을 이해하지 못한 열등생처럼 다시 물었다.

"머리가 긴 게 뭐? 나는 단발이 훨씬 나은데."

언니는 고개를 저었다.

"그런 건 중요하지 않아. 긴 생머리는 못 이겨."

내가 긴 생머리를 늘어뜨리고 다닌 것은 거기에 포함된

어떤 상징성 때문이었다. 긴 생머리는 어른의 표식이었다. 아마 학교에서 두발 단속을 엄격하게 하던 분위기와도 상관이 있을 것이다. 게다가 긴 생머리는 청순함과 여성스러움의 대명사이기도 했다. 십수 년이 지난 지금도 전설로 추앙되는 전지현의 긴 생머리, 관능적이거나 로맨틱한 분위기의 샴푸 광고, 천방지축이던 여자아이가 어른이 되어 긴 머리를 나부끼는 미인으로 성장한 서사들…틴탑이 부릅니다, "긴 생머리 그녀~!"

굳이 '긴' 생머리가 아니더라도 어느 정도 이상 길이의 머리는 여자를 의미한다. 귀 아래로 내려오는 길이의 머리를 한 남자들은 아직까지도 드물다. 2008년에 보이시한 스타일의 여자 주인공(윤은혜 분)이 나오는 드라마 〈커피 프린스〉가 선풍적인 인기로 '짧은 머리 신드롬'을 일으켰고 나는 거기에 편승했다. 그러나 마지노선은 분명했다. 귀를 파거나 너무 짧으면 안 된다. 그러니까, '남자처럼' 보이면 안 되는 것이다. 7살 무렵 처음으로 머리를 짧게 잘랐을 때 미용실 담벼락에 숨어서 울며 미용사와 엄마를 원망하던 내가 20살이 넘어서도 똑같은 걱정을 하고 있었다.

요즘에는 숏커트 스타일도 자주 볼 수 있고 여성들도 레게나 투블럭을 꽤 한다. 여자는 머리가 길어야 한다는 소리는 지나간 시대의 유물 같다. 그러나 현실에서 여전히 머리가 짧은 여자, 좀 더 정확히 말하면 '여자에게 허용된 예쁜 단발(귀 밑 3센티 정도) 이상으로 머리를 자른 혹은 '귀를 판' 헤어스타일의 여자들은 별의별 헛소리와 무례한 참견에 노출된다. 대도시는 사정이 좀 낫지만, 수도권에서 멀어질수록 머리가 짧은 여자에게 쏟아지는 폭력적인 반응은 강도가 세다. "얼굴도 예쁜데 머리를 좀 길러봐라", "남자인지 여자인지 모르겠다", "긴 머리가 더 낫다", "여자애가 머리가 그게 뭐냐", "레즈비언이냐", "남자가 되고 싶냐"……. 남의 머리가 짧은 것이 뭐가 그렇게 문제인지 모르겠지만 그 말을 하는 사람의 생각이 짧다는 것만은 명확하다. 장발의 남자가 겪는 어려움 역시 "여자같이 하고 다닌다"라는 멸시라는 점에서 '긴 머리=여자'

로 치환하는 여성혐오와 맥락이 같다.

히사야 나카조의 순정만화 〈아름다운 그대에게〉는 그 인기에 힘입어 대만과 일본은 물론, 2012년 한국에서도 드라마로 제작되었다. 주인공 미즈키는 좋아하는 높이뛰기 선수와 가까워지고자 남장을 하고 남자 기숙사에 잠입한다. 한국에서는 설리가 '구재희'라는 역할로 연기했다. 머리를 짧게 하느냐, 길게 하느냐는 남장과 여장을 결정하는 주요 요소이다. 이렇게 머리가 짧은 여자 캐릭터가 갑자기 긴 머리를 붙이고 나타나면, 갑자기 남자 주인공의 마음은 흔들리고 로맨스의 진도가 확 빠진다. 긴 머리가 여자를, 여성성을 보증하는 것이다. 불과 100년 전까지만 해도 남성과 여성 할 것 없이 모두 긴 생머리 그남/그녀였는데 말이다.

"긴 생머리는 못 이긴다"라는 말은 긴 생머리가 여자에게 가장 권장되는 겉모습이라는 뜻이다. 청순한, 여성스러운, 하늘하늘한, 섹시한⋯ 긴 생머리의 이미지와 상징이 여자를 규정한다. 여자는 머리 길이를 통해 '진짜 여자' 혹은 '여자다운 여자'로 승인 받는다. 길수록 좋지만, 언제나 그렇듯 또 '너무' 길면 안 되고 '그냥' 길어서도 안 된다. 가장 바람직한 긴 생머리는 허리를 넘지 않는 길이에 (엉덩이를 넘어가면 어딘가 이상하다는 의견이 스멀스멀 튀어나오기 시작한다) 찰랑거리는 모질이다.

드문 경우를 빼면, 상상 속의 긴 생머리를 연출하기까지 꽤 많은 품이 든다. 곱슬머리라면 고데기를 해서 찰랑찰랑하게 만들어야 하고(헤르미온느는 마법사인데도 무도회를 위해 머리를 펴야 했다), 머릿결이 상했으면 트리트먼트를 하고, 머리가 서로 엉키지 않게 빗질을 하며 적재적소에 흩날리고 넘기고 쓸어 올릴 수 있어야 한다.

하지만 빛나는 긴 생머리를 갖추었다고 해서 달콤한 환영만 받는 건 아니다. 이 긴 생머리를 신경 쓴다는 티를 내거나, '더 중요'하다고 여기는 가치에 반할 경우 그것은 얼마든지 비난의 대상이 된다. 여배우들이 연기를 위해 머리를 자르거나 밀면 '진정한 배우'라는 찬사를 받는다. 이때 긴 생머리는 여배우가 무엇을 더 중요하게 여기는가의 지표로 작동한다. 긴 생머리를 여자에게 중요한 아이템으로 만들어 놓고는, 이것에 조금이라도 연연하면 혹독한 반응이 기다리는 것이다. 긴 머리를 넘기며 음식을 먹는 여자의 몸짓을 조롱하거나, 긴 생머리의 여성을 '비전문적'이라고 판단하는 경우도 흔하다.

SNS에서 본 글이 기억난다. 한 여자 분이 "숏커트를 하기 전에 안 어울릴까봐 걱정했는데, 어차피 남자들도 안 어울리는데 다 하고 다니니까 그냥 하기로 했다"라는 내용의 글이었다. 생각해보니 정말 그랬다. 많은 남자들이 개인의 개성과 상관없이 짧은 머리를 한다. 그리고 그만큼 많은 여자들이, 개인의 개성과 무관하게 머리를 기른다. 규범과 관습 속에서 개인의 취향과 선택은 제한된다.

머리 길이는 입었다 벗었다 할 수 있는 옷처럼 유동적인 어떤 형식일 뿐인데, 이것으로 성별을 판별하고 특정 성별의 외양을 규정한다니 참 웃긴 일이다. 조선 시대에는 남자들이 지금의 여성들보다 훨씬 더 머리가 길었고,

어떤 부족들은 성별에 상관없이 머리를 미는데 말이다. 어느 정도 이상 짧은 머리의 여성은 성별화된 코드에 익숙한 사람들의 좁은 세계와 관습에 타격을 가한다. 머리를 자른 의도나 이유는 다양하겠지만(단순한 취향이더라도), 결과적으로는 그런 효과가 발생한다. 그렇다고 모두가 머리를 짧게 자를 필요도 없다. 긴 생머리 여성들이 여성에 대한 편견을 강화한다고도 생각하지 않는다. 문제는 머리 길이로 여자 됨을 결정하거나 승인하거나 점수를 매기는 권력과 관습에 있다.

| | | | | 오 | 빠 | 라 | | 부 | 르 | 지 | |
| | | | | | 않 | 아 | 도 | | | | |

신현희와 김루트, 〈오빠야〉

세상에는 참 많은 오빠가 있고, 오빠라고 불리고 싶은 '오빠 워너비'가 있으며, 스스로를 오빠라고 부르는 오빠남이 있고, 오빠 차가 있다. 그야말로 호오호빠(?)를 못해 안달난 거대한 용광로다. 스무 살 이후로 내가 불러야 했던, 혹은 부르도록 종용된 '오빠'의 수는 스무 살 이전보다 훨씬 많다. 그 이전에 더 어리고, 더 나이 많은 남자가 많았는데도.

오빠를 부르는 방법에도 커스텀이 추가된다. 약 15세 이상의 여성들이 부르는 "오빠"는 땅굴을 파고 들어가는 저음이어서도 안 되고, 신경질적이거나 무뚝뚝해서도 안 되며, 겨울철 히터 앞에 앉은 뺨처럼 건조해서도 안 된다. 카나리아가 지저귀듯 발랄하고 통통 튀어야 하고, 가끔

곤경에 처해 살짝 울먹이며 보호본능을 자극하는 톤이면 더할 나위 없이 좋다. 전자일 때는 느낌표를 붙인다고 생각하며 높은 톤으로 "빠!"하고 짧게 끊고, 후자일 때는 끝을 길게 늘인다. 톤의 고저는 상관없다. "빠아／", "빠아＼", 무엇이든 좋다.

어느 날 길을 걷던 나는 귓전을 때리는 "오빠야"에 크게 당황하여 그 자리에 얼어붙었다. 세상에는 하루에 하나만 세어도 다 못 세고 죽을 만큼 많은 오빠 타령 노래들이 있지만, 신현희와 김루트의 '오빠야'는 시작부터 강렬하게 경상도 사투리로 강조한 이 호칭을 내세운다는 점에서 한 번 들으면 잊을 수 없는 노래이다. 또한 미모의 BJ가 커버하여 원곡이 차트를 역주행하고 유명해졌고, 많은 아이돌 팬들이 본인의 '오빠' 영상에 이 노래를 입히며 인기에 불이 붙었다는 배경까지 너무나 오빠의, 오빠에 의한, 오빠를 위한 노래이다(가수들 본인도 첫 부분이 마의 구간이라고 자조하긴 했지만).

이 노래를 들은 순간 마들렌을 먹은 프루스트처럼 내

기억 속에서 무수한 '오빠들'이 달려왔다. 제1의 아해는 자기를 오빠라고 부르오, 제2의 아해도 오빠니까 말 놓을 게, 라고 말하며 눈을 찡긋하오, 제3의 아해는 "오빠야" 한 번만 해달라고 징징대오, 제4의 아해는…….

그냥 오빠도 아니고 '오빠야'에 초점을 맞춘 이유를 조금 부연해보자. 다른 지역으로 진출한 경상도 여성들이 부딪지는 과제 중 하나는 '오빠야' 퀘스트다. 드라마나 예능 프로그램에는 경상도 여성에게 '오빠야'를 요청하고, 남성들이 좋아서 몸을 배배 꼬는 해괴한 장면이 자주 연출된다. 지역 차별의 힘은 팔도 사투리 중 오직 경상도 사투리만 '모에화'하는 쾌거를 이룩하고, 무수한 '오빠야' 판타지를 부풀린다. 사실 경상도에서는 '야'를 떼고 '오빠'라고만 부르기 민망한데, 그 단어 자체에 내포된 나긋한 느낌을 '오글거리는 것, 남자에게 아양 떠는 것'으로 치부하는 분위기 때문이다. 그러나 밖으로 나오니 그나마 '오빠'라는 호칭의 민망함을 덜어주던 '야'가 오히려 애교 부스터가 되어버리고, 배를

누르면 "아이 러브 유"를 외치는 인형처럼 "오빠야"를 시연해야 했다. 오빠라고 불러도, 오빠야라고 불러도 이너피스는 찾아오지 않는 딜레마 속에 경상도 여성은 서 있다.

이런 특수성을 제거해도, 즉 경상도 여성과 '오빠야'가 아니라도 한국 사회에서 살아가는 여성이 오빠라는 단어를 입에 단 한 번도 담지 않고 살기란 불가능하다. 한국 사회가 워낙 위계 중심적이라 연령에 따른 서열 정리에 광적으로 집착하기 때문이기도 하고, 오빠라는 단어에 열광하기 때문이기도 하고, 전략적으로 그 단어를 사용해야만 구할 수 있는 무언가가 너무 많기 때문이기도 하다. "남성들에게 오빠란 단순하게 나이와 성별에 따라 위계를 정하는 것 이상으로 기묘한 욕망의 부름이다. 누군가 내게 오빠라고 불러줄 때 느끼는 나긋함과 친밀함과 보호의 욕구, 정신적 보호라는 명목을 물리적 구속이라는 실질까지 어느 정도는 용인될 것 같은 그 사회적 부름. … 오빠들은 이 말랑말랑해 보이는 권력관계를 형성하는 동시에 섹슈얼한

욕망을 꿈꾼다."● 오빠라고 부르는 순간 얻을 수 있는 것
들은 사실 원래는 당연히 주어져야 하거나, 동등하다면 필
요 없는 잉여가치들이다. 남자들은 '누나'라고 콧소리를
내고 어깨를 흔들지 않아도 손금처럼 처음부터 쥐고 있는.
게다가 이 말은 인용한 문구에도 나타나 있듯, 부르는 순
간 즉각적으로 화자와 청자 사이에 연애 가능성을 씨앗처
럼 흩뿌려 놓는다. 보호하는 남자와 보호 받는 여자는 바
람직한 이성애 관계의 표본 그 자체이다.

어떤 여성은 아무런 분열 없이 그 호칭을 쓸 수 있고,
어떤 여성은 그 호칭을 쓰는 것이 더 편하거나 심지어 좋
아할 수도 있다. 최근에는 "잘생기면 다 오빠"라는 식으
로, 오빠라는 단어 자체의 연령주의를 무화시키기도 한
다. 그렇다고 이 호칭의 뼈와 같은 위계가 사라지지는 않
는다(오히려 강화하기도 한다). 한때 대학 사회에서는 여성이

● 노재윤, 「'오빠' 내 욕망이거나 아니거나」, 기획 〈오빠의 세계〉, 〈함께 가는 여
성〉, 한국여성민우회, 2008년 4월(184호), 12쪽.

남성을 '형'이라고 부르는 문화가 널리 퍼졌고, 지금도 연장자인 남성을 형이라고 칭하는 여성들을 볼 수 있다. 오빠라는 단어에 함의된 것들을 거부하고 싶지만 적절한 대체어가 없어 남성이 남성을 부르는 방식을 빌려오는 한계는 뚜렷하다.

대중문화 전반이나 미디어 등에서는 사상검증이라도 거친 양, '오빠'라고 잘도 부르는 여성들만이 가득하다. 소녀시대의 'Oh!'에서 Oh!는 결국 'Oh빠'이고, 아이유는 "나는요 오빠가 좋은 걸~" 하고 노래한다. 이승기가 "너라고 부를게"라고 노래하며 '누나'라는 호칭을 걷어차는 것과는 대조적이다. 이 오빠빔은 한국 사회에 태양처럼 구석구석 내리쬐기 때문에 외국인이라고 피할 수는 없다. 2016년 개봉한 영화 〈수어사이드 스쿼드〉의 예고편에서 악당 할리퀸이 원작과 상관없이 남자들을 "오빠"라고 부르는 번역 때문에 인터넷 여론이 들끓었다. 한국어를 구사할 줄 아는 외국인 여성들이라면 두유 노우 김치와 두유 노우 싸이처럼 '오빠 부르기' 관문을 통과해야 한다.

에릭남은 외국인 남성이기 때문에 "오빠라는 말에 그만 집착하라"는 일갈을 날릴 수 있었지만, 여성들은 그렇게 말할 수 없다. 오빠라고 부르지 않는 여성들, 오빠를 거부하는 여성들, 오빠가 필요 없는 여성들은 안 보인다. 보여주지 않는다.

정확히는, 여성들은 오빠라고 불러야만 살아남을 수 있다. 그것도 '잘' 불러야 한다. '잘' 부르는 방식의 극단적인 예가 "오빠야"이고, "빠!"나 "빠아／"거나 "빠아＼"인 것이다. 몇 년 전 한예슬이 〈무릎팍도사〉라는 프로그램에서 콧소리를 섞어 했던 "오빠아~"는 큰 파장을 일으켰으며, 몇 년이 지나도 애교계의 바이블이 되었다. 이 "오빠야"로 상징되는 '애교'는 여성만의 특권인 것처럼 포장되고, 여성의 무기라는 '눈물'과 나란히 배치된다. 잘 이용하면 권력이 될 수 있다는 새빨간 거짓말, 그러나 울거나 아양 부리는 것은 무기가 아니다. 상대의 배려와 호의가 있어야만 유효한 이 방법은 철저히 약자만 연마하고 구사하는 기술이다. 강아지나 어린아이가 사람이나 어른에게 요구할 때 필요한 자세와도 같다. 그렇게 강력한 비기였으면 "오빠야"라고 말하는 순간 입에서 장풍이나 독나방 정도는 나가야 하는 거 아닌지?

최근의 나는 오빠라는 호칭 대신 "~님", "~씨"를 쓰려고 한다. 물론 이것은 내가 상대적으로 위계에 자유로운 일을 하기 때문에 가능하다. 연장자 남성과 사적인 관계를 맺지 않으면 생활이 산뜻하고 보송보송해지는데, 이 방법 역시 모두에게 권할 수는 없다. 네트워크가 중요한 한국 사회는 가족주의가 공고해서 공적인 관계라도 '오빠'의 늪에서 빠져나오기 힘들기 때문이다. 게다가 오빠라고 부르지 않아도 '오빠 대접'까지 모르는 척하기란 얼마나 어려운가. 성별과 연령의 권력 관계가 뒤엉켜 있는 이것은 단순한 호칭을 넘어 여성이 사회적인 문법을 얼마나 잘 따르고 있는지를 판별하고 평가하는 지표이기도 하다. 개인이 저항하고 실천하기에는 너무나 질기고 뿌리 깊은 말이니, 우리는 계속해서 더 많이 이 말에 대해서 떠들고 비웃고 놀려야 한다.

골드미스

혹은 알파걸이

아니어도

드라마 〈아버지가 이상해〉

──────── 아직 키가 자랄 때는 그만큼 세상도 바뀌는 중이라고 생각했다. 막 자아라는 것이 생기고, 미디어를 직접 독해하기 시작한 무렵부터 세상은 여자들의 성취로 호들갑을 떨고 있었기 때문이다. '여풍女風', 여학생들의 성적이 남학생들을 앞질렀다, 육군사관학교의 수석이 여학생이다, 여자라면 힐러리처럼……

"딸 아들 구별 말고 둘만 낳아 잘 기르자", "아들 낳으면 기차 타고 딸 낳으면 비행기 탄다"라는 출산 계획 표어가 창궐하던 시기에 태어난 나는 '여성도 능력만 있으면'이라는 뽕을 맞고 무럭무럭 자랐다. 지금까지 여성들이 무능해서 지워진 것이 아니라는 사실은 아무도 알려주지 않고, 그저 뛰어난 여성이 되기만을 종용하는 눈 가리고 아웅에 홀라당 속아 넘어가서. 이러한 현상은 "요즘 남자애들이 여자애들한테 밀려가지고…" 하고 혀를 차던 우리 반에만 해당하는 것이 아니었나 보다. 2006년 미국에서 《알파걸–새로운 여자의 탄생》이라는 책이 발간되었고, 이 '특별'하고 '우수'한 여성들은 '알파걸'이라고 불렸다. "불렸다"라고 과거형으로만 쓰는 이유는 그 단어의 단물이 다 빠진 까닭이다.

남성보다 우수한 여성은 특별한 존재로 범주화하고 이름을 붙이지만 여성보다 우수한 남성은 특별하지 않다. 우수한 여성을 과잉되게 조명하고 찬양하는 이면에는 차별의 구조와 문화가 개인의 역량으로 극복 가능한 양 기만하는 속내가 숨어 있다. 게다가 이 '알파걸'들이 평범한 소년들 즉 '베타보이'들의 기를 죽인다고 어찌나 난리 바가지였는지 곧바로 《알파걸들에게 주눅 든 내 아들을 지켜라》라는 책까지 나왔다. 자기보다 우수한 사람이 남성일 때는 멀쩡하다가 그 우수한 이가 또 다른 성별이 되는 순간, 기가 죽어버린다면 그냥 죽는 게 나을 것 같은데.

'알파걸'로 불렸던 이들은 유리천장에 부딪히고, 각종 여성혐오 범죄의 타깃이 되며, '워킹맘'이나 '맘충' 아니면 '이기적인 비혼주의자'라는 빈약한 미래와 사투를 벌이는 중이다. 가끔 아주 우수한 여성들이 '유리천장'을 뚫었다며 미디어의 스포트라이트를 받고 이러한 현상은 종종 "요즘은 여성 상위시대"라는 헛소리의 근거가 된다. 그 여성보다 못한 남성들은 유리천장 위에서 잘만 내달리는데, 여성은 그보다 훨씬 뛰어나야만 비슷한 위치에 이를 수 있다. 여성으로 태어난 이상 '알파'라도 되어야 했지만, '알파'여도 안 되는 현실은 살을 엔다.

그래도 알파걸 혹은 커리어우먼이라는 단어와 이미지는 아직 달콤하고 매혹적이다. "엄마처럼 살면 안 된다"라는 말은 어린 여성들에게 시대를 관통하는 사명이었다. 장래희망에 '현모양처'를 써내는 여학생들은 극히 드물다. 수십 년 전까지만 해도 많은 여학생들의 미래였지만, 이제는 그렇게 썼다간 선생님을 놀린다며 불려가지나 않으면 다행이다. 우리 사회가 궁극적으로 모든 여성을 여자친구와 엄마로 표상하고 있는데도 그렇다. '취집'이라는 말에는 일하지 않는 여성이 남성에게 의탁한다는 멸시와, '그럼에도' 그것이 '잘 간 시집'이라는 선망이 이중으로 깔려 있다. 현대의 여학생이라면 으레 당당하고 유능한 화이트칼라 전문직을 꿈꾸어야 한다. 펜슬 스커트를 한껏 조여입고 완벽하게 화장하고, 세련된 말투와 도도한 태도로 자기 일을 프로페셔널하게 해내는 여자. 조건이 우수하고 결혼하지 않은 여성들을 부르는 또 다른 이름은 '골드미스'이다.

〈아버지가 이상해〉의 '변혜영'(이유리 분)은 딱 그런 캐릭터이다. 변호사인 변혜영은 별 볼일 없는 집안에서 혼자 모든 것을 성취한 '개천에서 난 용'이자 알파걸이고 예쁘기까지 하다. 화려한 의상과 헤어스타일, 과감한 화장. 변혜영은 언제나 자기 확신이 넘치며 당당하고 거침없다. 부모님을 괴롭히는 사람들은 법적 근거를 들어가며 혼쭐을 내주고, 결혼을 원하는 남자친구에게는 여성이 결혼에서 얼마나 불리한지 논리적으로 설명할 수 있으며, 예비 시어머니에게 며느리한테 요구하는 것이 무엇인지 써오라고 한 뒤 조목조목 반박한다. 변혜영의 이러한 행동은 짐짓 통쾌하며 '사이다'로 소비된다. 하지만 이것은 모두 변혜영이 '변호사'이기 때문에 가능한 일이다. 딜레마는 거기 있다. 예쁘고 똑똑한 전문직 여성조차 남성이라면 경험하지 않을 현실의 무수한 장애물에 부딪힌다는 사실이 일단 절망스럽다. 그런데 그에 대처할 수 있는 도구가 오직 개인의 뛰어난 성취라면?

커리어우먼이 상징하는 능동적인 '현대 여성'이 되어야만 한다는 압박, 유능한 것만으로는 부족하며 '예쁘고 날씬하고 잘 꾸미기까지' 해야 하는 까다로운 기준, 오직 그런 여성들만을 유의미한 메신저로 승인하고 골드미스가 아닌 여성 노동자들의 삶과 투쟁을 비가시화하는 사회. 당당한 현대 여성이 제 앞에 놓인 벽을 무소의 뿔처럼, 혹은 조자룡처럼 뚫고 간다고 해도 차별은 사라지지 않는다. 아이돌 그룹 방탄소년단의 노래 'Not Today'에 나오는 "유리천장 따윈 부숴"라는 가사는 용어를 오용했다는 비판을 받았다. 유리천장은 뛰어난 개인이 용기를 가지고 힘을 내서 으랏차차 부술 수 있는 것이 아니다. 유리천장이 여전히 공고한 이유는 여성이 뛰어나지 않아서, 그 여성들이 노력하지 않아서가 아니다. 구조적 차별의 핵심은 거기에 있다. 뛰어난 여성의 사례는 차별은 존재하지 않는다는 알리바이로 쓰이거나 능력지상주의를 괴는 반석으로 이용된다.

커리어우먼이나 골드미스로 대표되는 유능한 여성이 되라는 주문은 일순 여성 해방적이다. 무엇이든 할 수 있다는 가능성과 경제적 독립을 가능케 하는 직업은 시대불문 여성에게 가장 중요한 가치였기 때문이다. 경제적 독립은 남성을 기죽이는 '머니 스웩'을 부리기 위함이 아니라 최소한의 생존 조건이며 오랫동안 여성들이 박탈당했던 것이다. 그러나 차별이 존재하는 현실에 포커스를 맞추는 대신 그것을 뛰어넘을 수 있는 뛰어난 '예외적 여성'이 되기를 요구하는 것은 억압이다. 구조적 문제는 개인이 '사이다'로 격파할 수 있는 것이 아니다. 경제적 독립의 중요성을 강조하는 것과 '당당하고 유능한 현대 여성'이 되어야만 한다는 요구는 다른 차원의 문제다. 또한 여성의 유능함에는 언제나 '관리된/아름다운 외모'라는 조건이 포함된다는 것도 기만이다.

누구나 상위 계급의 시민이 되기를 바란다. 그러나 모두가 비슷한 수준의 자본과 지위를 쟁취할 수는 없다. 더군다나 여성에게는 여러 개의 차별 레이어가 겹겹이 겹쳐져 있어 문제는 더욱 복잡해진다. 나는 아주 어릴 때부터 뛰어난 여성이 되어야 한다고 배웠고, 이는 끊임없이 나 자신을 괴롭혔다. 내가 여성의 열등함을 증명하는 표본이 될까 봐, 그리하여 각종 차별을 정당화하는 근거가 되어 다른 여성들에게 피해를 끼칠까 봐 두려웠다. 그러나 이제는 안다. 오직 뛰어난 인간만이 차별로부터 자유로워질 수 있다면 그것은 그 사회가 심각하게 뒤틀려 있다는 증명일 뿐이다.

모두가 예쁘기까지 한, 고소득 전문직 여성이 될 필요

는 없다. 정상적인 사회가 기능해야 하는 지점은 명료하다. 커리어우먼이나 골드미스가 아니어도, 부당한 대우와 착취를 겪어서는 안 되며, 정당하게 문제를 제기하고 합당한 해결의 과정을 거칠 수 있어야 하는 것이다.

꼭 오빠들을
사랑하지
않아도

———

다큐멘터리 영화 〈왕자가 된 소녀들〉

—————————— "열여덟, 오빠들은 내 전부였다."
2012년, '응답' 시리즈의 포문을 열었던 tvN의 드라마 〈응답하라 1997(이하 응칠)〉의 대표적인 카피이다. 주인공 성시원(정은지 분)은 1990년대 전성기를 누린 아이돌 그룹 H.O.T.의 팬으로, '오빠의, 오빠를 위한, 오빠에 의한' 청춘을 불사른다.

'오빠'를 사랑하는 소녀 팬의 이미지는 익숙하고 또 흔하다. 여성이 열광하는 대상은 언제나 오빠로 표상된다. 걸그룹의 노래에서도 청자는 '오빠'이고 단어가 직접적으로 등장하기도 한다. 여성은 언제나 오빠를 사랑하고, 또 오빠의 사랑을 기대하는 것처럼 보인다. 그렇게 보이도록 열심히 판을 짜고, 아이돌 시장의 중요한 소비자인 '여덕'을 지운다. '여덕'은 걸그룹을 좋아하는 여성 팬을 부르는 말이다(보이그룹을 좋아하는 여성 팬은 '여덕'이라고 불리지 않는다).

사랑하는 마음은 활화산 같은데 그 대상이 여성인 여성 팬을, 우리 사회는 난감해한다. '오빠'를 좋아할 때와 달리 필사적으로 연애 감정을 지우고 동경이나 친밀감으로 포장하려 한다. 여성이 여성을 좋아하는 것은 '롤 모델'이나 '우정'의 범주에서만 허용되는 사회에서, 이들의 열정과 사랑은 여전히 '희한한' 혹은 '사랑보다 먼, 우정보다는 가까운' 취급을 받는다. '걸크러시'는 동성 간의 이끌림을 성애적이지 않은 것으로 안전하게 표백하려는 시도 때문에 완전히 오염되어버렸다.

그럴 리 없지만 응답하라 시리즈의 주인공이 '여덕'이었다면, 그이에게는 '어차피 남편'이 될 누구와의 이성애가 '성장'이나 정상으로서의 '회귀' 에피소드로 필수였을 것이다. 장담한다. 내 남편을 건다(아무것도 안 건다는 말이다). 하지만 그러거나 말거나, 다 족구하라고 외치며 수십 년간 '언니'들을 열렬히 사랑해온 여덕계의 뿌리 깊은 나무들이 있었으니 바로 '여성 국극'의 팬들이다. '여덕' 즉 여자를 사랑한 여자들의 계보를 그리자면 이들을 빼놓을 수 없다.

여성 국극이란 '창극에서 발생했지만 창극과는 다르게 춤과 연기, 화려하고 스펙터클한 무대장치 등의 특성을 가진 공연예술'로, 여성만으로 이루어진 것이 특징이다. 여성 배우들이 역할에 따라 남성으로 분하며, 이 여성 국극의 특수성은 〈왕자가 된 소녀들〉이라는 다큐멘터리 영화의 제목에서 잘 드러난다. 영화는 평생 여성 국극의 배우로 살아온 이들과, 이들이 부딪혔던 여성 예술에 대한 차별 그리고 변함없는 지지를 보내는 팬클럽을 조명한다. 이 영화에서 이야기하고 싶은 것은 한두 가지가 아니지만, 이 글에서는 일단 팬들의 관점을 집중적으로 다룰 것이다. 요즘 팬덤이 극성이라고 혀를 차는 어르신을 만난다면, 고개를 들어 '언니'들에게 영원한 사랑을 맹세하는 혈서를 보냈던 그들을 보게 하라.

여성 국극은 여성만으로 이루어진 극단이다. 그러나 주제는 로맨틱한 멜로드라마, 남성 배우가 필요할 수밖에 없다. 그래서 여성 국극에는 남성 배우의 역할만 전담하는 전문 배우가 있었고, 이들은 남장을 하고 무대에 올라 남성을 연기했다. 여성 국극이 전성기였던 1950~1960년대의 전후 한국 사회는 여성이 사회 노동에 나서면서 전통적인 성별 규범이 교란되고 남성의 권력이 약화되는 기로에 서 있었다.

배우와 관람객은 여성 국극의 무대를 통해, 남성성이 날 때부터 남성에게 자연스럽게 주어지는 것이며 불변적이고 독자적이라는 가부장제의 판타지를 해체한다. 남자다움은 특정 관습을 기술적으로 연기하는 것으로 받아들여졌고, 그 무대 위에서 성별은 본질적이거나 불변하는 정체성이 아니었다.

당시 여성 국극은 대단한 인기를 자랑했는데, 여성 팬들의 매혹과 사랑은 다양한 스펙트럼을 형성하고 있다. 영화에서는 아직도 공연이 있을 때마다 도시락과 선물을

챙기는, 요즘 말로 '서포트'하는 여성 국극 팬이 등장한다. 10대때 처음 여성 국극과 배우에 매료된 이들은 결혼할 때도 배우자에게 자신이 여성 국극의 팬이며 열광하는 국극 배우가 있다는 것을 밝힌 후 이해해주는 남자와 결혼했다며 수줍게 웃는다. 시어머니도 남편도 자식도 '언니'가 있는 곳이면 어디든 가는 팬을 막을 수 없다. 심지어 남편이나 시어머니 것보다 '언니'의 찬합이 훨씬 더 크고 화려하다.

여성 관객들에게 여성 국극 속 배우는 멋진 언니나 존경할 만한 선생님, 숭배하는 우상idol, 매력적인 이상형이거나 연애 감정의 대상이었다. 이 다양한 감정의 층위를 뭉개버려서는 안 된다. '조금앵'은 유부녀인 여성 팬이 결혼식 사진을 찍어달라고 부탁했을 때 응하기도 했다. 조금앵이 실생활에서 공식적인 결혼식을 올린 적이 없음을 감안할 때, 극 중의 남장 차림을 하고 여성 팬과 찍은 것이 유일한 결혼식 사진이다. 조금앵의 팬은 정말로 '언니'와 결혼하고 싶었던 것이다. 시대가 그 가능성을 눈곱

만큼도 열어주지 않아 이벤트로 만족해야 했을 뿐. 그 사랑에 대고, 여덕들에게 하면 큰일나는 질문 중 하나인 "너는 그 사람처럼 되고 싶은 거야?"를 던졌다가는 그이가 눈으로 뱉는 침 때문에 얼굴이 흥건하게 젖을지도…….

'응칠'의 성시원은 토니 오빠를 주인공으로 한 '팬픽'을 쓰던 경력을 발판 삼아 문예창작과에 진학한다. 비단 성시원뿐만 아니라 내가 대학에 다닐 때에도 국문과나 문예창작과에는 그런 친구들이 득실득실했다. 마찬가지로, 여성 국극 배우와의 관계가 인생의 전환점이 된 팬들의 사례에서, 여성이 자기 삶에서 주도권을 거의 갖지 못했던 시절 여성 국극 배우들이 역할모델이나 조언자로도 기능했음을 확인할 수 있다. '언니'의 공연을 깊이 이해하고자 사학과에 진학하거나, '대학 배지'를 달고 오면 만나준다는 말에 학구열을 불태운 팬들 말이다. 이러한 관계는 정서적인 친밀감과 소속감, 애정을 근거로 비추어보면 연인이나, 공동체의 성격을 띤다. 최근의 화두가 되는 동성 결혼이나 대안 가족, 비혼 여성 공동체의 전범 형태라고도 할 수 있지 않을까?

　나는 말할 수 없는 그 어느 날, 중학생들과 나란히 줄을 서서 〈엠카운트다운〉 공개방송에 들어갔다가 '여덕' 많기로 소문난 나인뮤지스의 경리와 당시 포미닛이었던 현아가 등장하는 순간 벌어진 아수라장을 기억한다. 얌전히 뒤에 서 있다가 돌연 복식 발성으로 "경리야, 언니 왔다!"를 외치며 뛰어들던 분들……. 대상이 '오빠'로 표상되는 이성이 아니라는 이유만으로 그 감정을 부정하거나 이름 붙이지 말지어다. 그런 편협한 사고는, 이제 그만 고이 접어 날려보낼 때다.

가족을 용서하지
않아도

웹툰 〈단지〉, 만화 〈엄마를 미워해도 될까요?〉

'M.net식 감성팔이'라는 게 있다. M.net이 만드는 프로그램은 매우 다양하지만 감동적인 장면을 연출하거나 감성을 자극하려고 건드리는 소재는 늘 같다. '가족'이다. 세상과 불화하는 불만 많은 랩퍼들도(쇼미더머니), 기적을 꿈꾸는 도전자들도(슈퍼스타k), 만들어진 이미지와 캐릭터가 가장 중요한 아이돌도(프로듀스101) 결정적인 순간 가족들의 영상 편지를 피할 수 없다. 혹은 가족들과 도란도란한 일상을 카메라 앞에서 보여주어야 한다. 사실 이걸 M.net의 고유한 특성이라고 하면 다른 방송사나 콘텐츠들이 좀 억울할지도 모른다. '나를 견디게 하는 가장 소중한 존재… 가족…' 이 가족주의 정서는 한국 사회 전체에 깊이 뿌리내리고 있기 때문이다.

한 번은 궁금해졌다. 그 많고 많은 출연자들 모두에게 가족은 하나같이 기댈 수 있는 안식처였을까? 보는 것만으로 괴로워지는 사람을 보고 감동받은 표정을 지어야 하는 순간은 얼마나 난감할까? 어떤 가족 구성원을 '비정상'으로 간주하는 사회에서, 가족이 공개되는 것 자체가 불편한 사람은 없었을까? 가족이 '없는' 출연자들은 저 시간을 어떻게 견딜까? 가족이 '힘'이 아니라 고통이자 트리거인 사람은 없을까? 정말로?

단지 작가의 웹툰 〈단지〉는 가정폭력을 가시화하면서 많은 독자들의 공감을 얻었다. 주인공 단지의 가족 구성원은 엄마를 때리는 아빠, 그런 아빠를 닮아 폭력적인 오빠, 오빠와 차별하면서 단지를 학대하는 엄마이다. 막내이자 '여성'인 단지는 집안에서 가장 서열이 낮다. 어릴 때부터 응당 받아야 할 보호나 이해 대신에 정서적·신체적 폭력에 시달린다. 단지는 부모뿐 아니라, 나이 차이가 많이 나는 오빠에게도 일방적으로 맞거나 착취당한다. 단지에게 부모는 가해자이자 방관자이며 오빠는 폭력의 가해자일 뿐이다.

흔히 가정과 사회를 분리하고, 가정은 험난한 세상의 울타리이자 보금자리라고들 한다. 그런데 누군가에게는 가정이 바로 그 험난한 세상 자체일 수 있다. 나이가 어리고 성별 권력에서도 기울어져 있는 여성은 서열의 가장 아래에 위치하고, 폭력에 쉽게 노출된다. 가족이라는 이름으로 은폐되기에 사회보다 가혹하고, 관계 역시 쉽게 끊을 수 없기에 더욱 집요한 폭력. 가장 친밀해야 하는 관계가 폭력의 가해자일 때 피해자들은 어디로 가야 할까?

알다시피 우리 사회의 아동 학대에 대한 인식은 매우 열악하다. 아이가 죽음에 이르거나, 생명이 위험할 정도로 다쳐야만 '학대'라고 인지한다. 경제적 학대나 감정적 폭력은 아이를 키우는 과정에서 피할 수 없는 훈육이고, 성폭력은 '낯선' 사람에 의해 벌어지는 특별한 피해라고 생각한다. 〈단지〉는 가정 내 권력 관계와 폭력을 전면적으로 다루면서 지금까지 비가시화되었던 아동 학대, 특히 '여자아이'의 자리를 집중적으로 조명한다. 그리고 생존자로서 또 다른 단지들을 위로한다. 이 만화가 폭발적인 관심과 사랑을 받았다는 것은 그만큼 우리 사회에 가정폭력이 일상적으로 일어나고 또 해결되지 않았다는 사실을 시사한다. 〈단지〉 2권에는 독자들의 실제 사연이 함께 실리면서 가정 내 성폭력 문제 등을 다루기도 했다.

다부사 에이코의 〈엄마를 미워해도 될까요?〉는 엄마에게 오랫동안 정서적 학대를 받았던 작가가 그린 만화이다. 엄마는 에이코에게 멋진 도시락을 싸주고, 좋은 학원에 보내고, 새 옷을 사주며, 자신의 기분이 좋을 때 다정하게 대한다. 보통의 아동 학대의 이미지에서 동떨어져 있어서 누군가는 섣불리 '학대가 아니'라고 말할 수도 있다. 그러나 에이코의 엄마는 에이코를 비난하고 깎아내리고, 에이코의 의견을 묵살하며, 에이코가 자신의 뜻대로 하지 않으면 분풀이를 한다. 이것이 감정적 학대이다. 성인이 되어서야 에이코는 정신과 의사에게서 "말도 안 되는 엄마로부터 말도 안 되게 길러졌다. 엄마를 안 만나면 당신의 문제는 해결된다"라는 말을 듣고 자신이 당해온 것이 폭력이었음을 깨닫는다.

'엄마를 안 만나도 된다', '엄마를 미워해도 된다'라는 가능성은 그 자체로 에이코에게 희망이 되지만, 물론 쉽지 않다. 오랜 상처를 가족에게 말하기로 결심한 단지 역시 마찬가지다. 가족들은 거세게 반발하며, 자기변호를 하고, 그 와중에 또다시 가해를 한다. "언젯적 일인데 그러냐", "그때는 나도 힘들었다", "이제 다 잊고 새로 시작하자"라며 황급히 상처와 말하기를 틀어막는 가장 보편적인 전개. 문제가 생겼을 때 사람들은 그 균열과 뒤틀림의 상태가 너무나 불편하기 때문에 빨리 그 상태를 벗어나려 한다. 그래서 '해결'하는 대신 '봉합' 즉 덮어버리는 방식을 선택하는 것이다. 왜 문제를 제기하는지, 왜 충돌하는지, 왜 '배부른' 소리를 하는지 알려고 듣지 않으며 이를 해결하기 위해 기존의 방식을 되돌아보거나 바꾸지 않는다. 과거의 일로 묻거나 "별것 아니었다"라며 피해를 부정하기도 한다.

이런 식으로 상황 조작을 통해 타인이 자신의 생각과

판단을 부정하고 신뢰하지 못하도록 만들어 정신적으로 괴롭히는 것을 '가스라이팅'이라고 한다. 가족주의의 억센 물살이 "그래도 가족인데"라고 다그치는 분위기 속에서 가정폭력 생존자들은 용서와 이해를 강요 받게 된다. "내가 예민한가?"라고 스스로를 의심한다.

엄마의 딸을 향한 폭력은 좀 더 특수하다. "너도 딸을 낳아보면 알 거"라든가 "너도 다 컸으니 엄마를 이해하라"거나 "그땐 나도 힘들었다"는 말은 정말이지 너무나 강력하다. 폭력이 일어나는 가정에서 엄마는 보통 가해자이자 피해자이기 때문이다. 또한 엄마가 나를 비롯한 아이들을 낳으면서 얼마나 많은 것을 잃었고, 무엇을 견뎌야 했는지 딸은 모를래야 모를 수가 없다. "엄마를 미워해도 될까요?"라는 질문은 그래서 더 묵직하고 특별하다.

또한 딸, 누나, 여동생으로서 집안의 갈등과 화해를 조율하고 분위기를 부드럽게 만들어야 하는 감정 노동의 압박은 여성의 선택과 감정을 집요하게 지배한다. 한 친구는 '딸 가진 재미'라는 말이 끔찍하다고 고백한 적이 있다. "네가 딸이니까, 아빠가 네 말은 들으니까"라며 폭력적인 아빠를 컨트롤하고 다른 가족 구성원들과의 관계를 '현명하게' 조율하라는 말을 어릴 때부터 들었던 까닭이다. 간신히 그 관계를 거부하거나 중단할 수 있을 만큼 자라고 나서도 엄마에 대한 죄책감과 연민은 쉽게 떨쳐낼 수 있는 종류의 것이 아니다. 그러나 여자로서, 피해자로서 엄마에 대한 이해는 또 다른 피해자인 나의 몫이 아니다. 아이와의 관계에서 어른은 그래서는 안 됐고, 지금의 내가 잘 자랐다고 해서 그 폭력이 정당화되거나 가벼워지는 것도 아니다.

에이코는 수차례 엄마와의 '화해'를 시도하지만 늘 실패하고, 마침내 최대한 적게 만나는 것이 가장 합리적이라는 판단을 내린다. 이 만화를 보면서 내내 에이코를 응원하다가 마침내 엄마와의 거리 조절에 성공하는 장면에서 환호하게 될 것이다. 엄마에게 전화번호도 알려주지 않고, 출산을 해도 엄마에게 알리지 않는 딸. 누군가는 그녀를 "야멸차다"고 하거나 '패륜'이라고 말할지도 모른다. 특히나 '독한 년'이라는 낙인이 찍히지 않도록 늘 조심해야 하는 여성에게 그런 말이나 시선은 쉽게 저항하기 힘들다.

그러나 세상에는 분명 나쁜 부모가 있고 아이는 가족을 선택할 수 없다. 아이는 인생의 대부분을 가족 내의 최약자로 살며, 세상은 언제나 부모의 편을 더 들어준다. 그렇다면 가족과 분리될 권리와 가족을 증오할 수 있는 자유라도 가져야 하지 않을까.

살 림　밑 천 이
아 니 어 도

다큐멘터리 영화 〈위로공단〉

진부한 스토리가 있다. 1980년대 후반, 장남장녀 부부의 둘째 딸로 태어난 내가 태몽 때문에 아들인 줄 오해 받았다거나, 네가 아들이었어야 한다는 말을 들었다는 사실. 나는 어릴 때부터 드라마나 소설 속에서 태어나는 이 세상 모든 여자에게 몰두했고, 그들이 어떤 반응 속에서 태어나는지 탐색했다. 가장 흔한 건 "첫딸은 살림 밑천"이라는 말이었다. 살림은 뭐고 밑천은 또 뭐람? 어린 내가 이해할 수 없는 단어들의 조합이었지만, 나는 그 말을 긍정적으로 받아들였다. 그 말을 하는 이들은 갓 태어난 신생아를 윗목에 돌돌 말아놓거나 산모에게 폭언을 퍼붓지 않기 때문이다. 질문 폭격기였던 내가 그 말의 뜻을 물어보지 않았을 리 없지만, 삐아제가 무덤에서 돌아온다고 해도 아동에게 그 기이한 의미를 완전히 가르쳐주기란 불가능했을 것이다.

고3이 되었다. 친구들은 진로를 고민하기 시작했다. 그러자 18년 전 온 세상이 깔아놓은 '살림 밑천'이라는 부비트랩이 일시에 터졌다. 음악 선생님은 '사계'라는 노래를 부르게 했는데, 정작 꽃이 피어도 미싱은 돌아간다는 노랫말의 의미나 배경은 알려주지 않았다. 알려주지 않아도 자연스럽게 알게 된다고 생각했을지도 모르겠다. 2000년대 초반 대학입시가 최우선인 인문계 고등학교에서 미싱은 다른 형태로 둔갑해서 나타났다. 장학금이 나오는 국립대와 교대는 동생들의 학비를 위해 대학 진학을 포기하고 일을 시작하는 선택지보다 은밀하고 모호했다. '여자 애'니까 자취를 시킬 수 없다거나, '여자 직업'으로는 선생이 최고라는 사탕발림도 빼놓을 수 없었다.

우리는 다 알았다. 옥상에서 아이스크림을 빨며 동생과 자신의 나이 차이, 부모님의 퇴직 시기 그리고 대학 등록금과 서울에서의 생활비에 대해서 이야기했다. 누군가는 모르는 척했고 누군가는 울고불고 싸웠으며 누군가는 받아들이기로 했다. 내 친구는 오직 자기 힘으로 서울대를 갔지만, 고등학교 진학 단계에서 부모님과 갈등이 있었다. 그렇게 공부를 잘하는데 왜 너를 취직시키려고 했냐는 나의 질문에, 친구는 대답했다. "시골에서 여자가 공부 잘하는 건 자랑이 아니에요." 친구는 1990년대생이었고 그때는 2008년이었다. 그런데도 그랬다.

그러니까, 우리는 선생님이나 부모님의 생각보다 훨씬 더 많이 알고 있었다. 요즘 세상은 차별이 없으니 원하는 대로 무엇이든 할 수 있다고 소리치다가 갑자기 물러서는 세상의 치사함이나, 1980년대 후반생들에게는 대부분 남자 형제가 한 명씩 있는데 부모님이 그 애를 위해 몰래 빼놓은 밑장, 옛날 같으면 밥 짓고 빨래하고 시집갔을 나이라는 말을 '딸'에게만 하는 저의, 개천의 용은 왜 언제나 수컷이며 어떻게 그 개천이 마르지 않을 수 있었는지에 대해서는 아무도 이야기하지 않는다는 사실, 그리고 누군가는 실질적으로 미싱을 돌리는 중이며 선생님들이 우리를 겁주려는 용도로 '공부 안 하면 미싱질' 운운해서는 안된다는 것까지.

〈위로공단〉(2014)은 지금까지 은폐되거나 축소되어온 여성들의 노동을 다룬 다큐멘터리 영화이다. 이른바 '공순이'라고 불렸던 여성들의 저임금·고강도 노동은 '한강의 기적' 운운하는 경제 급성장의 한 축이다. '해쓱한 누이'로 낭만화된 여성 공장 노동자들은 노동착취와 성적 위협에 이중으로 노출되지만, 노동 운동에서조차 소외당했다. 집안의 경제를 책임지지만, 가장으로서의 대우도 받지 못한다. 이러한 현실은 단지 산업화 시기의 '공단'에만 국한되지 않는다. 여전히 노동자의 이미지는 남성이고 집안을 책임지는 사람은 큰아들이며, 가장은 기혼 남성이다. 여성의 노동은 부수적이고 주변적이며 비전문적인 것이 된다. 마트 직원, 콜센터 직원, 승무원 등 대개 '여성의 일'로 성별화된 직군에서는 어김없이 일어나는 일이다.

〈위로공단〉은 시대와 직종을 넘나들며 '일하는 여성'의 목소리를 전하고 그 노동의 의미와 구조적 문제를 짚어낸다. 중간 중간 등장하는 새하얀 원피스 등의 이미지가 '해쓱한 누이'의 또 다른 변주가 아닐까 조금 미심쩍고, 노동하는 여성을 '엄마/이모'처럼 가족의 호칭으로 호명하는 것은 불만스럽다. 그러나 이 '일하는 여성'의 '가족화'야말로 여성 노동의 핵심이기도 하다.

일하는 여성은 이 겹겹의 억압과 착취를 가족 간의 희생이나 장녀의 의무로 포장하는 과정을 거쳐 '살림 밑천'인 '딸'이 된다. 사적인 공간에서 추가되는 가사노동도 빼놓을 수 없다. 나는 우스갯소리로 농촌의 장녀로 자란 나의 어머니를 '리얼 힙합'이라고 부르는데, 아주 어릴 때부터 하루 종일 밭일을 하는 부모님 대신 동생을 돌보고 집안일을 해야 했기 때문이다. 이것은 시대를 거슬러 올라가면 봄날의 황사처럼 흔한 이야기이고, 현재진행형이기도 하다. 물론 냇가에 쭈그리고 앉아 빨래를 하거나 어린 동생을 업고 고무줄을 해야 하는 시절은 지나갔다. 아이를 많이 낳지 않으니 '큰딸'의 개념도 희미해졌다. 그러나 여전히 많은 딸들은 '아빠'와 '남동생'의 밥을 차려주어야 하고, 자원이 한정되어 있을 시 지원의 기회를 남자 형제에게 양보해야 하며, '엄마'의 부재 시 성인 남성보다 더 많은 의무를 짊어진다. 부모나 형제가 돌봄을 필요로 할 때 독박돌봄을 하는 것도 여성 구성원이다. 당연히 보수는 없다. 인터넷에는 자신이 벌거나 모은 돈을 가족에게 빼앗긴 여성들의 사연이 하루가 멀다 하고 올라온다. 시간이 흐르고 사회를 이루는 제반 요소들이 바뀐다고 해서 모든 것이 저절로 변하지는 않는다. 어떤 착취는 오히려 그 변화에 발맞추어 더욱 교묘하고 집요해진다.

사회는 가정 부양이 유일한 목표가 아닌 여성의 노동, 예를 들면 일하는 남편이 있는 워킹맘이나 월급을 집에 갖다 주지 않는 여성 등은 언제나 '이기적인 잉여'로 후려친다. 이는 곧 여성의 노동은 '살림의 밑천'일 때만 정당성을 확보할 수 있다는 뜻이다. 하지만 이 '살림'이 여성 개인의 것일 가능성은 대부분 생각하지 않는다. 딸이나 아내로서 속한 가정만 가정으로 쳐주니, '밑천'이라는 말이 새삼 얼마나 잔인한지 알 수 있다. '인간을 갈아서' 부족한 자원이나 시스템을 메우는 '헬조선'의 특성을 고스란히 반영하면서도 아무런 문제의식 없이 쓰였다. 낳았으면 책임을 져야지, 고작 3킬로그램 내외의 갓난아기를 보고 부려먹을 생각을 하다니, 이상해! 너무 이상해!

하나도 안 미안하니까 바로 말하겠다. 딸은 살림 밑천이 아니고, 그럴 의무도 없다. 인간을 낳고 키우는 것은 펀드나 적금이 아니고, 낳음 당한 인간이 수익을 약속하면서 꼬신 적도 없다. 여성이 일하는 이유는 알뜰살뜰 모은 돈을 '허투루' 쓰지 않고 부모나 형제에게 보태는 것 말고도 수두룩하고, 이거 해라 저거 해라 날뛰는 세상에 맞서려면 매일매일이 전투니까 뭐 내놓으라고 보채지 좀 말자.

사랑스러운 딸이
아니어도

예능 〈아빠를 부탁해〉, 〈내 딸의 남자들〉

내 친구들은 대부분 결혼했다. 그리고 그 중 몇몇은 아기를 낳아 키우고 있다. 그 아기가 딸이면 친구의 남편이자 아기의 아빠는 자칭 타칭 '딸바보'이다. 자칭하기도 하고, 친구나 남들이 그렇게 부르기도 한다. 언젠가부터 '딸바보'라는 단어와 이미지가 적극적으로 퍼지고 있다. 딸을 낳았으면 당연히 딸바보가 되는 수순이다. 임신을 준비할 때도 딸을 원한다는 말을 스스럼없이 한다. 아들을 원한다는 말은 가부장적으로 보이지만, 딸은 그런 위험이 없다.

유튜브 같은 동영상 사이트에서는 예쁘고 귀여운 여자 아기와 아빠의 일상이 인기를 끌고, 텔레비전을 틀면 〈슈퍼맨이 돌아왔다〉, 〈내 딸의 남자들〉, 〈아빠를 부탁해〉 등에서 딸에게 쩔쩔매는 아빠들이 나온다. 딸이 몇 살이든 아빠는 딸바보다. 심지어 성인인 딸의 소개팅을 관찰하고 훈수를 놓고 참견하는 것조차 딸바보로, '애지중지 키운 딸을 빼앗길까봐 전전긍긍하는' 모습으로 사랑스럽게 또는 감동적으로 포장된다. 이 설명을 읽고 조금 토하고 와도 어쩔 수 없다. 그냥 그런 것들을 내보내는 텔레비전을 탓하자.

육아예능이 인기를 끌면서 '남의 자식'이 브라운관을 점령하고 '랜선 육아'는 일상이 되었다. 랜선 육아는 인터넷이나 텔레비전을 통해서 본 아기나 스타를 부모의 마음으로 좋아한다는 의미로 쓰인다. 우스갯소리로 친구들과 떠들 때는 '저출생 현상에 대처하는 정부의 음모론'이라고 했지만 책으로 판매하는 글이니 좀 더 진지하게 말하겠다. 이것은 저출생 현상에 대처하는 정부의 음모(인 것 같)다. 육아의 달콤한 부분만 쏙쏙 빼서 부각하고, 그것이 얼마나 특수하고 지난한 육체적, 감정적 노동인지 은폐하는. 노키즈존이 창궐하고 '맘충'이라는 라벨링으로 아이

키우는 여성을 짓누르는 사회에서 적당히 귀여운 남의 아기는 힐링 이미지로 잘도 팔아 제낀다.

'힐링'이라는 단어는 '딸바보'의 유행과 밀접한 관련이 있다. 왜 아들이 아니라 딸일까? '아들바보'는 상대적으로 쓰임새도 덜하고 임팩트가 약하다. 그리고 당연한 말이지만 '딸바보'는 아빠에게만 쓰인다. 내 친구들은 딸바보가 될 수 없다. 엄마의 육아는 기본값이고, '바보'인 게 당연하며, 바보 수준이 아니면 나쁜 엄마라고 욕을 먹기 때문이다. 오직 아빠만이 육아에 적극적으로 참여하는 가정적이고 다정한 이미지를 획득할 수 있다. 아빠는 랜선 육아와 조금 비슷한 역할이다. 24시간 아기를 밀착 마크할 필요도 없고, 휴일이나 남는 시간 등에 아기와 놀아주거나 엄마를 '도와주는' 정도만 해도 온 세상이 박수 친다. 배우 이보영은 아이를 낳은 후 인터뷰에서 "나도 엄마가 처음인데, 사람들은 남편(지성)이 아기를 안고만 있어도 칭찬해주더라"라고 말하면서 엄마에게만 부과되는 육아와 모성애의 의무에 대해서 지적한 적 있다. CF처럼 행복과 미소가 가득한 순간은 육아에서 극히 일부분이다. 딸바보들은 이 짧은 시간대에 활동하며, '딸바보인 자신'에 심취한다. 이때 딸의 역할이 중요해진다.

딸은 아빠를 어떻게 바보로 만들까? 아버지의 머리를 내리쳐 인지 능력을 마비시키는 경우가 아니라면, 예쁘고 귀엽고 사랑스러운 매력과 애교로 아빠를 사로잡는다. 딸의 성격이나 성향은 별로 중요하지 않다. 그렇게 될 것이라고 '기대'된다. 이것은 딸이 짊어지는 감정 노동이자 대상화이다. 아들보다 속을 덜 썩일 것이고, 나중에 부모에게 잘할 것이라는 기대는 입양에서 압도적인 비율로 여아가 선호되는 현상으로도 나타난다. 딸바보의 머릿속에는 자신을 싫어하는 딸, 자신과 맞지 않는 딸, 뚱뚱하거나 예쁘지 않거나 무뚝뚝한 딸은 존재하지 않는다. 언제까지나 자신이 예뻐할 만하고 사랑함직한 천사의 이미지만 둥둥 떠다닐 뿐이다.

딸이라면 으레 아빠의 정신을 쏙 빼놓는 귀염둥이여야 할 것 같다. 자라서도 '시꺼먼' 아들놈과는 달리 살갑게 아빠를 따라야 한다. 김영하의 소설 《오직 두 사람》에서는 첫째 딸에게 집착하면서 딸이 자라고서도 딸의 생활을 독점하는 아빠가 나온다. 소설 속 아빠는 보통의 '딸 가진 아빠'의 판타지를 충실히 구현한다. 딸과 함께 여행을 가고, 정기적으로 근사한 곳에서 식사를 하고, 미술관에 데려가고, 옷을 골라주고, 영화를 본다. 그러나 딸의 의견이나 취향은 안중에도 없다. 딸은 독립적인 개인이라기보다는 알록달록하고 폭신폭신한 생활을 약속하는 기호에 가깝다. 이때 딸에게 기대되는 감정노동은 사실 '며느리'의 역할과도 유사하다. 딸이 없는 이들이 며느리를 들이며 '딸 같은' 관계를 기대하는 것은 같은 맥락이다.

더군다나 딸은 아빠가 지켜줘야 할 대상이다. 아기를 낳았으면 보호자로서 당연히 그런 의무감을 가져야 하지만, 보호대상이자 소유물로서의 딸은 좀 더 아빠를 자극한다. 〈테이큰〉, 〈파괴된 사나이〉, 〈괴물〉, 〈곡성〉, 〈우주 전쟁〉, 〈부산행〉 등 위기에서 아빠가 지키거나 빼앗기는 아이는 거의 대부분 딸이다. 많은 딸바보들은 좀비 바이러스나 악당처럼 거대한 적보다는 '미래의 남편/남자친구'라는 존재에 눈을 부라리며 부성을 과시한다. 이때 아빠가 지켜야 하는 것은 미래의 딸의 '순결'이기도 하다. 그것은 곧 아빠의 보호자로서의 능력과 자존심을 의미한다. 딸바보들이 자주 하는 결혼도 안 시키고 데리고 살겠다라는 발언에는 딸이 '남자'를 만나는 것에 대한 거부감과 '다른 남자'에게 딸을 '빼앗긴다'라는 인식이 담겨 있다. 딸바보는 딸을 아빠의 소유로 보는 가부장제에 당의정을 씌운 판타지에 불과하다.

부잣집 고명딸이 아니면 구박데기의 운명을 피할 수 없던 시대를 지나 화목한 핵가족의 이미지를 퍼뜨리던 1980-1990년대. 박완서의 소설 《꿈꾸는 인큐베이터》에는 '딸딸이 아빠'라는 사실을 담담하게 받아들이는 남자를 유치원 학예회에서 만나고 혼란스러워하는 여자 화자가 나온다. 역사상(?) 최초의 딸바보들이 출현한 시기. 성별 감별 낙태가 횡행하며 많은 딸들이 아빠를 바보로 만들긴커녕 빛도 못 보고 사라졌던 시절. 딸의 좋은 점을 적극적으로 홍보하고 소비하기 시작한 시대.

　나의 아빠는 지금의 기준으로 보면 좀 앞서나간 딸바보였는데, 주변 사람들은 "딸 더럽게 키운다"라며 혀를 찼다. 자식을 예뻐하는 평범한 행동은 내가 딸이었기 때문에 이상하고 유난스러운 것이 되었다(물론 그럼에도 아무도 아빠를 파파충이나 대디충이라고 부르진 않았다). 게다가 아무리 '딸바보', '딸이 대세'라고 약을 팔아봤자 지금도 남아 선호는 굳건하다.

　딸을 천대하는 심리와 선호하는 심리는 같은 뿌리를 공유한다. 자식이 아닌 딸, 사람이 아닌 여자로 대한다는 점이다. 멸시와 숭배는 한끗 차이다.

　젊은 딸바보들은 알까? 자신을 바보로 만들 만큼 사랑스러운 딸을 낳은 아내들은 대부분 딸을 골라 지우는 성별 감별 낙태를 뚫고 태어났고, '딸이라도' 잘 키우면 '아들 부럽지 않다는' 분위기 속에서 자랐으며, 지금은 남의 부모에게 딸처럼 싹싹하게 굴어서 시부모를 '며느리 바보' 정도로는 만들어야 좋은 며느리 소리를 듣는다는 것을. 이건 오바도, 배배 꼬여서 딸을 예뻐하는 태세를 아니꼬와 하는 시비도 아니다.

딸과의 달콤한 미래를 꿈꾸는 아빠들은 알아야 한다. 딸은 여자로 태어났을 뿐 아빠를 딸바보로 만들 만큼 귀엽거나 예쁠 의무가 없다. 육아는 '돕는 것'이 아니라 분담하여 책임지는 것이다. 아이를 보호하고 잘 돌보는 것은 의무이고, 칭찬받거나 자랑할 일은 아니다. 엄마들이 그러하듯.

친구 같은 딸이
아니어도

───────────

드라마 〈디어 마이 프렌즈〉

──────── 엄마는 딸이 셋이나 있는 딸부자이다. 늦둥이 동생들, 특히 남동생이 태어나기 전, 사람들은 엄마에게 그런 말을 참 많이 했다. "딸이 좋아. 나중에 친구처럼 지낼 수 있잖아." 그 말의 의미가 위로라는 것은 아무리 어려도 모를 수 없었다. 언어 체계를 익히고 이해하게 되면서부터 시시각각 내 몸에 깊숙이 스며든 말은 살과 **뼈**와 피가 되었다.

나는 까마득하게 어릴 때부터 한참 나이 차이가 나는 엄마의 친구 같은 존재가 되고 싶었다. 그게 딸의 좋은 점인데, 그렇지 않으면 딸에게는 좋은 점이 없으니까. 나는 친구 같은 딸이 되어야 했다. 그렇지 않으면 사람들은 좋은 점이 없는 딸만 둘인 엄마를 동정할 테니까. 나는 내가 아들이 아니어서 부모님이 나의 쓸모를 의심할까 봐, 나를 필요로 하지 않을까 봐 두려웠다. 나를 낳은 것을 후회할까 봐 조마조마했다. 정작 그들은 그런 말은 입에도 올리지 않았는데 나는 다 알았다. 그냥 공부 잘하고 말 잘 듣는 것만으로는 부족했다. 아들은 못하는 걸 하고 싶었다. 엄마의 친구가 될 의무는 딸에게만 주어진다. 엄마의 친구들은 엄마를 부러워하고, '친구같이 지낼 며느리'를 꿈꾼다(듣는 족족 뜯어말리고는 있다).

아들만 둘인 숙모는 명절날마다 엄마를 부러워했다. 엄마가 숙모를 부러워하는 말은 한 적 없다. '친구 같은 딸'을 부러워할 수 있다는 것이 아들 가진 숙모의 권력이었다. 그리고 친구처럼 굴려고 애쓰지 않아도 된다는 것이 아들인 사촌동생의 특권이다. 기대가 생뚱맞게 남의 딸 즉 며느리에게 튈지언정, 아들에게 그런 역할을 기대하는 엄마는 없다. 아들만 둘인 집에 좀 더 살가운 아들이 있으면, '딸 같은 아들'이라고 표현되기도 한다. 아들이 하나 이상일 때 그는 일종의 잉여이기에 '딸'이나 할 법한 행동을 해도 집안의 질서를 크게 해치지 않는 것이다. 물론 안 해도 본전이다. 엄마의 후천적 남근이자 아버지의 계승자인 아들은 그런 감정노동 없이도 집에서 인정 받으니까.

엄마와 딸은 정말 친구가 될 수 있을까? 나이 차이부터 웃음 코드까지 기본적인 친구의 조건을 생각해보면 영 어려울 것 같다. 같이 쇼핑이나 여행을 하고 목욕탕에 다니는 것 역시 친구 같은 딸의 과제 중 하나이지만 그런 일은 갑을 관계나 비즈니스 관계에서도 할 수 있다. 나만 해도, 내 친구들 중 나의 엄마 같은 성격이나 스타일은 한 명도 없다. 내게 엄마는 '사랑하지만 나랑은 별로 맞지는 않는 사람'이라는 뜻이다. 친구로 만났으면 자연스럽게 연락이 줄어들면서 카카오톡 프로필 사진으로 근황을 확인하는 정도로 머물렀을지도 모른다.

엄마와 딸의 관계는 가정에 따라 천차만별이고 매 순간순간 그 온도가 달라진다. 애증으로 뒤엉키거나 친구는커녕 남보다 못한 원수가 되는 경우도 흔하다. 엄마와 딸에 대해서 제대로 이야기할 수 있는 딸이 과연 얼마나 될까.

게다가 우리나라처럼 아동 학대가 일상적이고 정서적 학대는 학대로도 취급하지 않는 사회에서 친구 같은 딸이라는 이미지는 참 가열차게 팔아먹는다.

〈디어 마이 프렌즈〉에서는 어마어마한 애증과 상처로 뒤엉킨 모녀가 나온다. 난희(고두심 분)는 가정폭력 때문에 자살하려고 하면서 어린 딸을 혼자 두고 갈 수 없다고 생각해서 어린 완이에게 농약이 든 음료수를 권한다. 그것은 난희 식의 모성이지만, 결국 유아 살해 미수이다. 완이(고현정 분)에게 이 사건은 큰 트라우마로 남는다. 자신을 죽이려고 했던 엄마가 두렵고 싫으면서도 엄마의 말에 따르고자 사랑하는 남자와 헤어지고 돌아온 완이는 유리를 깨뜨리고 피투성이가 되어 운다. 증오하면서도 인정받고 싶고, 다시는 보고 싶지 않으면서도 사랑받고 싶은 존재인 엄마. 사랑하지만 죽이려 했고, 그래서 차마 용서를 구할 수도 없지만 떠나보낼 수도 없는 존재인 딸. 난희와 완이가 악다구니를 쓰며 서로의 상처를 헤집는 난투극 장면은 숨이 막힐 정도이다. 그 다음날 아무렇지도 않게 일상을 영위하는 모습까지. 이 관계는 친구 같다는 로맨틱하고 편안한 이미지에 결코 담을 수 없다.

친구 같은 딸, 이 말이 얼마나 많은 어린 여자들을 짓눌렀는지 모른다. 그렇다면 이 표현이 빼고 있는 밑장이 뭔지 좀 살펴봐야겠다. 어어, 동작 그만.

"친구 같다"라고 하면 일단 친밀성과 공동의 취향 부분을 고려해야 할 것이다. 엄마는 주요 양육자로서 딸의 세계를 구축하는 데 막대한 영향력을 끼친다. 인생의 초기 단계에서 옷, 음식, 텔레비전 프로그램, 취미, 배우기로 한 악기 같은 것이 엄마의 선택을 거쳐 주어진다. 나는 책을 좋아하는 엄마와 함께 도서관에 다니며 자랐고 내 친구는 피아노 선생님인 엄마 옆에서 메트로놈을 만지며 놀았다. 또 다른 친구는 술을 좋아하는 엄마가 반찬보다는 안주에 가깝게 만든 음식에 익숙해서 '집밥'이라는 단어에 별 감흥이 없다. 게다가 유전자를 나눠주었으니 문득 문득 내 말투나 취향에서 엄마의 억양이나 흔적을 발견하기도 한다. 같은 성별이니 자기를 투영하기도 쉽고 내밀

한 이야기를 할 수도 있다. 오로지 딸만이 엄마의 낙태 경험을 은밀하게 듣는다. 물론 여기에도 개인차가 있고 가정마다 사정이 다르다. 문제는 친밀할 수 있다는 가능성이 친구 같아야 한다는 압박으로 바뀌는 지점이다.

친구 같은 딸은 엄마의 고통이나 감정에 공감하고 분담하는 역할을 맡는다. 말이 좋아 공감과 분담이지, 아동 혹은 청소년이 성인을 이해하고 배려하기를 요구 받는 것이다. 딸에게 투영되는 비뚤어진 기대와 욕망은 드라마의 아역 배우 캐릭터에서도 드러난다. 드라마에서 자식은 대부분 딸이고 이들은 극중 나이에 어울리지 않는 어른스러움과 이해력을 갖췄다. 〈품위 있는 그녀〉에서 우아진의 딸 지후는 초등학교 저학년이지만 바람을 피우는 아빠를 한심해하고, 부모의 이혼이라는 거대한 사건 앞에서도 엄마를 위로한다. 〈착한 마녀전〉에서 차선희의 딸 봉초롱 역시 초등학교 저학년이지만, 엄마를 막 대하는 친척들에게 반발하고 엄마의 비밀을 지켜준다. 프로필의 소개 역시 '엄마의 완벽한 아군'이라고 소개된다.

이 얼마나 말도 안 되는 판타지이자, 어린아이에게 가해지는 부담인지! 친구는 동등한 관계에서나 가능하다. 친구 같다는 말은 친구는 아니라는 뜻이고, 양육자이자 성인인 엄마는 아동 혹은 청소년인 딸과 친구가 될 수 없다. 딸에게 기대하는 친구의 역할은 감정 쓰레기통 혹은 정서적 학대로 기울어지기 쉽다. 혹은 아이 스스로 그렇게 되고자 한다. 누군가는 과장되게 밝은 척을 하고, 누군가는 엄마가 싫어할까 봐 무언가를 포기하고, 누군가는 엄마를 이해하기 위해 자신을 짓누르고……. 아역 캐릭터들이 엄마를 이해하고 지원하느라 하나같이 나이에 맞지 않게 조숙하듯이.

이것은 여성이 상대적으로 많이 희생하는 현재 결혼 제도의 문제와도 관련 깊다. 엄마가 결혼생활에서 느끼는 어려움을 호소할수록 딸은 엄마의 불행을 자신의 잘못이라고 생각하고 죄책감을 느낀다. 결혼 제도나, 동반자인 남편/아빠에게서 기인한 고통을 딸이 짊어지는 셈이다. 그렇게 원인 제공자는 뒤로 빠지고 엄마와 딸의 대환장

파티가 남는다.

남자형제가 있으면 이 차이는 더욱 두드러진다. 오로지 딸만이 엄마의 부정적인 감정을 '케어'하도록 기대된다. 엄마는 딸에게만 힘든 점을 이야기하고 공감을 바란다. 오빠나 남동생은 모르는 엄마의 지병, 속마음, 갖고 싶은 것, 필요한 물품을 딸은 샅샅이 알고 살뜰히 챙겨야 한다. 《남자들은 자꾸 나를 가르치려 든다》라는 책으로 유명한 레베카 솔닛은 《멀고도 가까운》이라는 에세이에서 이렇게 말했다. "어머니는 아들들에게는 당신의 문제를 늘 숨겨왔다. 그들은 어머니의 가장 좋은 모습만 상영하는 극장의 관객이었고, 어머니도 그걸 바라셨다. 나는 늘 무대 뒤에, 상황이 훨씬 지저분한 곳에 머물렀다."

친구 같은 딸이란 결국 딸이 엄마의 비위를 맞추고 엄마의 욕망대로 움직인다는 뜻이다. 물론 운 좋게도 진심으로 서로를 아끼며 알콩달콩, '친구처럼' 지내는 엄마와 딸도 있을 것이다. 어떤 딸에게는 엄마와 친구처럼 지내는 것이 강요나 억압이 아닌 자신의 기쁨일 수 있다. 그렇

-엄마와 딸-
우리는 정말 친구가 될 수 있을까?

다고 유독 딸에게만 요구되는 감정 노동과 친밀성의 착취가 없는 일이 되는 것은 아니다. 친구 같은 딸이라는 말에 숨어 있는 기만이 사라지지는 않는다.

이제는 인정해야 한다. 엄마와 딸은 친구가 될 수 없고, 딸은 엄마의 친구가 될 필요나 의무가 없다는 사실을. 친구같이 지낼 수 있다는 기대는 '딸 됨'을 열등하고 부족한 것으로 여기는 사고의 반영일 뿐이다. 친구 같지 않으면 어떤가? 친구는 알아서 사귀는 거지, 낳아서 만드는 게 아닌데.

열두 살 때 일주일에 한 번씩, 글쓰기 선생님이 나를 만나러 왔다. 동화만 쓰고 싶었는데 중학생이 되자 선생님은 내게 신문기사를 읽히기 시작했다. 그리고 아름다운 세상에 심취해 있던 나에게 끝없이 어떤 문제점을 찾아 이야기하고, 또 이야기하도록 했다. 나한테 왜 이래요 엉엉. 하기 싫다고 울거나 숙제 파업(?)을 감행해 혼도 났다. 선생님은 당시 20대 중반이었고, 페미니스트였다. 그렇게 말한 적은 없지만 모를 수가 없었다.

성차별, 인종 차별, 지역 차별…… 이불 속 불온서적처럼 이러한 주제들이 쌓였다. 참한 선생님이 작은딸을 페미니스트로 특훈(?)시키는 줄도 모르고 엄마는 방문 틈으로 부지런히 간식을 넣어주었다. 나는 학교나 또래 남자아이들에게서 당한 부당한 일들에 대해서 성토하고 질문했고, 선생님은 그 이야기를 진지하게 들으며 맞장구쳐주었다. 페미니스트인 어른 여자를 10대에 만날 수 있었다는 것. 그것은 쏟아지는 빗속에서 만난 처마 밑과도 같았다. 그 시간과 느낌과 경험은 나를 잘 받쳐주었다.

그리고 몇 년 전, 중학생이던 동생이 처음으로 페미니즘 책을 사달라고 했다. 어떤 바톤이 내게 넘어온 듯한 기분이 들었다. 이 책은 그 바톤을 들고 달리는 한 트랙이기도 하다. 내 이전부터 시작된, 나로부터 비롯된, 나 이후에 이어질 이야기들이다.

비록 종이 위에서는 폭주하는 페미니스트지만 내가 실제로는 겁도 많고 따뜻(?)하다. '부둥부둥'도 잘하는데, 글로 하는 위로에는 영 소질이 없다. 그래도 이 말만은 잘 전하고 싶다. 여자를 너무나 쉽게, 적극적으로 비난하고 미워하도록 설정된 세계에서 나는 나만의 편이 되어주어야 한다고. 나를 오래 미워했던 시간을 돌아보며 비로소

내가 나의 편이 되어주었듯이.

난 말이 진짜 많다. 투머치토커로 소문난 박찬호 선수랑 토크 배틀을 붙어도 이길 자신 있다. 편집자가 강형욱 님처럼 몸으로 막아서 이 정도로 마무리 지었지만 아직도 할 말이 많다. 여자의 삶과 세계는 모퉁이를 들 때마다 새로운 서바이벌의 시작이니까. 이 책을 읽고 같이 수다를 떨 수 있기를 바란다. 단속과 통제와 부정 속에서 일그러지고 버티고 뚫고 나오기도 하며 오늘도 수고한 나 '들'에게 이 책을 건넨다.

하지 않아도 나는 여자입니다

제1판 1쇄 인쇄 | 2018년 5월 23일
제1판 1쇄 발행 | 2018년 6월 1일

지은이 | 이진송
펴낸이 | 한경준
펴낸곳 | 한국경제신문 한경BP
편집주간 | 전준석
책임편집 | 박영경
교정교열 | 최혜영
저작권 | 백상아
홍보 | 정준희 · 조아라
마케팅 | 배한일 · 김규형
디자인 | 김홍신
본문 디자인 | 디자인현

주소 | 서울특별시 중구 청파로 463
기획출판팀 | 02-3604-553~6
영업마케팅팀 | 02-3604-595, 583 FAX | 02-3604-599
H | http://bp.hankyung.com   E | bp@hankyung.com
T | @hankbp   F | www.facebook.com/hankyungbp
등록 | 제 2-315(1967. 5. 15)

ISBN 978-89-475-4351-4   03810